라빈드라나트 타고르 Rabindranath Tagore

인도 벵골 지방의 문예부흥에 중심 역할을 한 콜카타의 타고르 가문에서 태어난 라빈드라나트 타고르(1861~1941)는 시인이며 소설가, 화가, 음악가, 사상가이다. 중세 페르시아의 잘랄루딘 루미와 인도의 까비르 이후 아시아에서 타고르만큼 널리 읽히는 시인은 없다. 그는 문어체인 고대 산스크리트어에 의존하던 전통에서 벗어나 구어체 문장을 사용해 시문학에 새 생명을 불어넣었다. 또한 민중들 속에서 생활하며 탄생시킨 단편소설들은 최고의 걸작으로 평가받고 있다.

무명의 인도 시인이었던 타고르에게 동양 최초의 노벨 문학상을 안겨준 시집『기탄잘리』는 103편으로 된 산문시로 신, 고독, 사랑, 삶, 여행을 노래한다. 벵골 지방에는 '바울'이라 불리는 떠돌이 음유 시인들이 있었다. 그들은 거리에서 신과 진리를 이야기하는 시를 노래하며 춤을 추었는데, 타고르는 이들에게 많은 영감을 받았다. '기탄잘리'는 '님에게 바치는 노래'라는 뜻으로, 타고르에게 '님'은 사랑과 기쁨의 대상인 신이고 연인이며 만물에 내재한 큰 자아이다. 타고르는 오늘날까지도 간디와 더불어 인도의 국부로 존경받고 있으며 인도, 방글라데시, 스리랑카의 국가는 그의 작사이다. 예이츠, 에즈라 파운드, 로맹 롤랑 등 서양 문인들뿐 아니라 아인슈타인과도 교류하였고, 물리학자 하이젠베르크에게 동양철학을 가르치기도 했다.

기탄잘리

Gitanjali
by Rabindranath Tagore

✻

이 시집은 1913년 영국 런던의 맥밀란 출판사에서 출간한 영문 시집 『기탄잘리*Gitanjali*』를 번역한 것이다. 타고르는 뱅골어로 쓴 시집 『기탄잘리』에서 53편, 그 전후에 발표한 시집 『바침』, 『어린이』, 『건너는 배』, 『노래의 꽃목걸이』에서 50편을 선정해 자신이 영어로 번역했다.

✻

영문판은 시에 제목 대신 번호를 붙였으나, 원래는 연작시가 아니라 각각 따로 쓰여진 독립된 시이다. 『기탄잘리』의 '기트*git*'는 노래, '안잘리*anjali*'는 두 손 모아 받친다는 의미로 '노래의 바침'을 뜻한다.

✻

본문에 실린 그림들은 인도 구자라트와 라자스탄 지역에서 주로 18세기와 19세기에 그려진 세밀화들이다.

✻

해설에 실린 타고르의 사진과 그림들은 주한인도대사관과 주한인도문화원의 협조로 인도 델리에 있는 인디라간디국립예술센터Indira Gandhi National Centre for the Arts (IGNCA)에서 제공했다.

기탄잘리

라빈드라나트 타고르

류시화 옮김

गीताञ्जलि

차례

나 이곳을 떠날 때,

이것이 나의

작별의 말이 되게 하소서.

내가 본 세상은

너무나 아름다웠다고.

— 본문 중에서

1

당신은 나를 끝없는 존재로 만들었습니다. 그것이 당신의 기쁨입니다. 이 부서지기 쉬운 그릇을 당신은 비우고 또 비워, 언제나 새로운 생명으로 채웁니다.

이 작은 갈대 피리를 언덕과 골짜기로 가지고 다니며 당신은 그것에 끝없이 새로운 곡조를 불어넣습니다.

당신의 불멸의 손길이 닿으면 내 작은 가슴은 기쁨에 넘쳐 한계를 잊고, 말로 표현할 수 없는 언어들을 외칩니다.

당신이 주는 무한한 선물을 나는 이 작은 두 손으로밖에 받을 수 없습니다. 영원의 시간이 흘러도 당신은 여전히 채워 주고 있으며, 내게는 아직 채울 자리가 남아 있습니다.

2

당신이 내게 노래하라 하면 내 가슴은 자부심으로 터질 듯합니다. 당신의 얼굴을 올려다보면 내 눈에는 눈물이 맺힙니다.

내 삶 속 거칠고 부조화스러운 모든 것들이 한 곡조의 감미로운 화음으로 녹아듭니다. 그리고 당신을 향한 동경의 마음이 날개를 펼칩니다. 환희에 차서 바다 위를 나는 한 마리 새처럼.

나는 압니다, 당신이 내 노래에 즐거움을 느끼는 것을. 나는 압니다, 내가 오직 노래하는 자로서만 당신의 존재 앞에 다가갈 수 있음을.

활짝 편 내 노래의 날개 끝으로 나는 당신의 발에 가닿습니다. 전에는 가닿으리라 갈망할 수도 없었던 그곳에.

노래하는 기쁨에 젖어 나는 나 자신을 잊습니다. 그리고 나의 님인 당신을 벗이라 부릅니다.

3

나의 님이여, 당신이 어떻게 노래하는지 나는 알지 못합니다. 그저 놀라움 속에 말을 잊은 채 귀 기울일 뿐.

당신의 음악이 빛이 되어 세상을 밝힙니다. 당신의 음악이 생명의 숨결이 되어 하늘에서 하늘로 퍼져 갑니다. 당신의 음악이 성스러운 물결이 되어 돌처럼 단단한 모든 장애물을 부수고 넘쳐 흐릅니다.

내 가슴은 당신과 함께 노래하기를 갈망하지만, 목소리를 내려고 헛되이 노력할 뿐. 말을 하지만 내 말은 노래가 되지 못하고, 나는 당황하여 눈물만 흘립니다. 아, 나의 님이여, 당신은 내 가슴을 사로잡았습니다. 당신이 연주하는 끝없는 음악의 그물로.

4

내 생명의 생명이여, 내 몸을 언제나 정결히 하겠습니다. 당신의 손길이 내 온몸에 닿을 것을 알기에.

내 생각 속에서 진리 아닌 것은 모두 물리치겠습니다. 당신이야말로 내 정신에 이성의 불을 밝히는 진리 그 자체임을 알기에.

내 마음으로부터 모든 악을 몰아내기 위해, 그리고 사랑을 꽃피우기 위해 언제나 애쓰겠습니다. 내 마음속 가장 깊은 성소에 당신이 머물러 있음을 알기에.

또한 내 모든 행동에서 당신의 존재가 드러나도록 마음을 다하겠습니다. 당신이야말로 나를 움직이는 힘의 원천임을 알기에.

5

한순간만이라도 당신 곁에 앉는 즐거움을 내게 허락해 주십시오. 내 손에 들려 있는 일들은 그 후에 끝내겠습니다.

당신의 얼굴이 보이는 곳으로부터 멀어지면 내 마음은 휴식도 안식도 알지 못합니다. 그때 내가 하는 일은 한없는 고뇌의 바다에서 끝도 없이 이어지는 노동이 됩니다.

오늘은 여름이 나의 창가로 한숨과 속삭임을 데리고 찾아왔습니다. 벌들은 안뜰의 꽃 덤불에서 부지런히 음유 시인의 시를 읊고 있습니다.

지금은 고요히 앉아 당신과 얼굴을 마주할 시간, 이 고요와 넘치는 한가로움 속에서 생명의 찬가를 부를 때입니다.

6

이 작은 꽃을 꺾어 가십시오, 미루지 말고! 꽃이 시들어 흙으로 돌아갈까 두렵습니다.

이 꽃은 당신의 화환 속 한 자리를 차지할 수 없을지도 모릅니다. 그러나 당신의 손길에 아프게 꺾이는 영광을 나에게 주십시오. 알지 못하는 사이에 날이 저물어 꽃을 바칠 시간을 놓칠까 두렵습니다.

비록 색깔 진하지 않고 향기 옅어도, 당신을 섬기는 데 쓰일 수 있도록 이 꽃을 꺾어 주십시오. 아직 시간이 남아 있는 동안에.

7

나의 노래는 모든 장식을 떼어 냈습니다. 나의 노래는 자랑할 만한 옷과 치장을 갖고 있지 않습니다. 모든 장신구는 우리의 하나 됨을 방해합니다. 그것들은 당신과 나 사이를 가로막고, 장신구 소리가 당신의 속삭임을 지워 버릴지도 모릅니다.

내가 가진 시인의 자만심은 당신 앞에 서면 부끄러워 모습을 감춥니다. 오, 최고의 시인이여, 당신의 발아래 나는 앉습니다. 나의 일생이 다만 소박하고 곧은 것이 되게 하소서. 당신이 음악으로 가득 채우는 갈대 피리와 같이.

8

왕자의 옷으로 치장하고 보석 목걸이를 목에 건 아이는 어떤 놀이를 해도 아무 기쁨이 없습니다. 모든 발걸음마다 옷이 방해가 됩니다.

옷이 해질까, 흙먼지로 더럽혀질까 두려워 아이는 세상과 거리를 두고, 움직이는 것조차 겁을 냅니다.

어머니, 화려한 옷과 장식에 둘러싸여 건강한 대지의 흙에서 멀어진다면, 그리하여 평범한 인간 삶의 거대한 축제 마당에 입장할 자격을 잃게 된다면, 그것이 무슨 소용입니까?

9

어리석은 자여, 그대 자신을 자신의 어깨 위에 이고 가려 하는가! 걸인이여, 그대 자신의 문 앞으로 구걸하러 오는가!

모든 것을 짊어질 수 있는 이의 손에 그대의 짐을 모두 맡기고, 결코 후회하며 뒤돌아보지 말라.

그대의 욕망이 숨을 내쉬면 등불은 이내 꺼져 버린다. 그것은 성스럽지 못한 일. 불결한 손으로는 선물을 받지 말라. 오직 신성한 사랑이 주는 것만 받으라.

10

여기 당신의 발판이 있어서 그곳에 당신의 발이 놓여 있습니다. 가장 가난한 자, 가장 낮은 자, 길 잃은 자들이 살아가는 그곳에.

당신에게 머리 숙여 절해도 나의 절은 그곳에 가닿지 못합니다. 당신의 발이 머물러 있는 가장 가난한 자, 가장 낮은 자, 길 잃은 자들 속 그 깊은 곳까지는.

자만하는 마음으로는 결코 다가갈 수 없습니다. 가장 가난한 자, 가장 낮은 자, 길 잃은 자들 속에서 남루한 옷을 입고 당신이 걷는 그곳에는.

내 마음은 그곳에 이르는 길을 아무리 해도 찾을 수 없습니다. 가장 가난한 자, 가장 낮은 자, 길 잃은 자들 속에서 당신이 친구 없는 이들의 친구가 되는 그곳에.

11

모든 찬양과 노래와 염주 기도를 내려놓으라! 문 닫힌 사원의 어둡고 적막한 구석에서 그대는 누구를 숭배하고 있는가? 눈을 뜨고 보라, 그대 앞에 신은 있지 않다.

농부가 거친 땅을 일구는 곳, 길 닦는 사람이 돌을 깨는 곳, 그곳에 신은 있다. 신은 태양 아래서도 빗속에서도 그들과 함께 있다. 그의 옷은 흙먼지로 뒤덮여 있다. 그대의 성스러운 옷을 벗고, 신이 그렇게 하듯 흙먼지 이는 땅으로 내려오라!

구원, 그것은 어디서 찾을 수 있는가? 우리의 주인은 스스로 기쁘게 창조의 속박을 짊어졌기 때문에 우리 모두와 영원히 결합되어 있다.

그대의 명상으로부터 나오라. 제단에 바친 꽃과 향을 그자리에 내버려 두고! 그대의 옷이 해지고 더럽혀진들 무엇이 문제인가? 신과 만나 그의 곁에서 노동하라. 이마에 땀을 흘리며.

12

내 여행의 시간은 길고, 또 그 길은 멉니다.

나는 태양의 첫 햇살을 수레로 타고 출발해, 수많은 별과 행성들에 자취를 남기며 광막한 세계로 항해를 계속하였습니다.

당신에게 가장 가까이 가기 위해서는 가장 먼 길을 돌아가야 하며, 가장 단순한 곡조에 이르기 위해 가장 복잡한 시련을 거쳐야만 합니다.

여행자는 자신의 집에 이르기 위해 모든 낯선 문마다 두드려야 하고, 마침내 가장 깊은 성소에 도달하기 위해 모든 바깥세상을 헤매 다녀야 합니다.

눈을 감고 '여기 당신이 계십니다!' 하고 말하기까지 내 눈은 멀고도 오래 헤매었습니다.

'아, 당신은 어디에?' 하는 물음과 외침이 녹아 천 개의 눈물의 강이 되고, '내 안에 있다!'라는 확신이 물결처럼 세상에 넘칠 때까지.

13

내가 부르려고 했던 노래를 오늘까지도 부르지 못하고 있습니다.

악기의 줄을 조였다 풀었다 하면서 나는 많은 날들을 보냈습니다.

아직 때가 오지 않았고, 노랫말도 제대로 다듬어지지 않았습니다. 마음속에는 오직 고통스러운 갈망뿐.

꽃은 아직 피지 않았고, 오직 바람만이 곁에서 한숨짓습니다.

나는 그의 얼굴을 보지 못했고, 목소리도 듣지 못했습니다. 다만 내 집 앞으로 걸어오는 그의 부드러운 발소리를 들었을 뿐.

온종일 집 안에 그의 자리를 마련하느라 시간을 보냈습니다. 하지만 아직 등불을 밝히지 못해서 그를 집으로 맞아들일 수 없습니다.

그를 만날 희망에 나는 살아갑니다. 그러나 만남은 아직 이루어지지 않았습니다.

14

나의 욕망은 끝이 없고 나의 울음소리는 가련합니다. 하지만 당신은 언제나 차갑게 거부함으로써 나를 구원합니다. 그 단호한 자비가 내 삶 속 깊이 스며 있습니다.

날마다 당신은 나를 가치 있는 존재로 만듭니다. 요구하지 않는데도 당신이 내게 주는 이 단순하고 위대한 선물들, 이 하늘과 빛, 이 육체와 생명과 정신을 누릴 가치 있는 사람으로. 그렇게 함으로써 지나친 욕망의 위험으로부터 나를 구원합니다.

때로 나는 기운 없이 머뭇거리고, 때로는 깨어나 서둘러 목표를 찾아 헤맵니다. 그러나 당신은 냉정하게 내 앞에서 자신의 모습을 감춥니다.

나를 거부함으로써 날마다 당신은 나를 가치 있는 존재로 만듭니다. 당신이 완전히 받아들일 만한 존재로. 그리하여 허약하고 불확실한 욕망의 위험으로부터 나를 구원합니다.

15

당신을 위한 노래를 부르기 위해 나는 이곳에 있습니다. 여기 당신의 집 구석 자리에 나는 앉아 있습니다.

당신의 세계 안에서 나는 할 일이 아무것도 없습니다. 나의 쓸모없는 삶은 방향 잃은 곡조를 쏟아 낼 뿐입니다.

한밤중 어두운 사원에서 당신에게 예배 드릴 시간을 알리는 시계가 울리면, 나의 님이여, 나에게 명하여 당신 앞에 서서 노래하게 하소서.

아침의 대기 속에서 황금빛 현악기의 선율이 울리면, 당신 앞에 모습을 드러내라 명하여 나를 영광스럽게 하소서.

16

*

나는 이 세상의 축제에 초대받았습니다. 그렇게 내 삶은 축복받았습니다. 내 눈은 보았고, 내 귀는 들었습니다.

이 축제에서 내가 맡은 일은 나의 악기를 연주하는 일이었습니다. 그리고 나는 최선을 다해 연주했습니다.

나는 묻습니다. 이제 마침내 그때가 되지 않았습니까? 안으로 들어가 당신의 얼굴을 보고, 당신에게 내 무언의 예배를 드릴 시간이?

17

나는 오직 사랑을 기다리고 있습니다. 마침내 그의 손에 나 자신을 맡기기 위해. 내가 언제나 늦는 것은 이 때문이며, 게으르게 보이는 것도 이 때문입니다.

사람들은 법과 규칙을 가지고 와서 나를 단단히 묶으려 합니다. 하지만 나는 언제나 그들을 피해 달아납니다. 왜냐하면 나는 오직 사랑을 기다리고 있기에. 마침내 그의 손에 나 자신을 맡기기 위해.

사람들은 나를 비난하면서 부주의하다고 말합니다. 그들의 비난은 당연한 것일지 모릅니다.

장날은 저물었고, 바쁜 이들도 할 일을 모두 마쳤습니다. 헛되이 나를 부르러 왔던 사람들은 화를 내며 발길을 돌렸습니다. 나는 오직 사랑을 기다리고 있습니다. 마침내 그의 손에 나 자신을 맡기기 위해.

18
※

구름 위에 구름이 겹쳐 세상이 어두워집니다. 사랑이여, 왜 당신은 나를 홀로 문밖에서 기다리게 합니까?

일이 많은 한낮의 분주한 순간에는 나는 북적이는 사람들과 함께 있습니다. 하지만 이 어둡고 외로운 날, 내가 기다리는 것은 오직 당신뿐.

만약 당신이 얼굴을 보여 주지 않는다면, 나를 완전히 홀로 내버려 둔다면, 이 비 내리는 긴 시간을 어떻게 보내야 할지 나는 알지 못합니다.

어두운 하늘 저 먼 곳에 시선을 둔 채 내 마음은 헤매 다닙니다. 멎을 줄 모르는 바람과 함께 흐느끼면서.

19

만약 당신이 아무 말도 하지 않는다면, 나는 당신의 침묵으로 내 마음을 채우고 그것을 견디겠습니다. 나는 말없이 기다리겠습니다. 별들과 함께 어둠을 지키며 참을성 있게 고개 숙이고 있는 밤처럼.

아침은 반드시 찾아올 것이고, 어둠은 물러갈 것입니다. 당신의 목소리가 황금빛 물결이 되어 하늘을 가로질러 쏟아져 내릴 것입니다.

그때 당신이 하는 말은 노래의 날개를 달고 내 모든 새들의 둥지에서 하나씩 날아오를 것입니다. 당신의 음악은 꽃이 되어 내 숲의 모든 나무들에서 피어날 것입니다.

20

연꽃이 핀 날, 내 마음은 방황하고 있어서 꽃이 핀 것을 알지 못했습니다. 내 바구니는 비어 있었지만 꽃은 내 눈길을 끌지 못했습니다.

다만 이따금 한 가지 슬픔이 내 위에 내려앉아, 나는 놀란 듯 꿈에서 깨어 바람에 실려 오는 신비한 향기의 감미로운 자취를 느꼈습니다.

그 어렴풋한 향기가 내 마음을 그리움으로 아프게 했습니다. 내게는 그 향기가 절정으로 치닫는 여름의 열정적인 숨결 같았습니다.

그때 나는 알지 못했습니다. 꽃이 그토록 가까이 있음을. 또 그 꽃이 나의 것임을. 그 완벽한 향기가 내 마음 깊은 곳에서 피어나는 것임을.

21

이제 배를 띄우지 않으면 안 된다. 물가에서 보낸 나른한 시간들이 끝나 가고 있다.

봄은 꽃을 피우고 이내 가 버렸다. 속절없이 시든 꽃들의 무게를 안고 나는 머뭇거리며 기다린다.

물결이 소란스러워지고, 강둑의 그늘진 오솔길 위로 노란 꽃잎이 흩날려 떨어진다.

어느 허공을 그대는 응시하는가! 그대는 느끼지 못하는가? 멀리 강 건너에서 들려오는 노래의 선율이 대기를 떨게 하는 것을.

22

비 내리는 칠월, 그 짙은 그늘 속을 당신은 은밀한 발걸음으로 걸어갑니다. 밤처럼 고요하게, 모든 파수꾼들의 눈을 피해.

오늘은 아침이 그 눈을 감았습니다. 목소리 큰 동풍이 계속 부르는 소리도 듣지 못하는 양. 언제나 깨어 있는 파란 하늘에 두터운 장막이 드리워졌습니다.

숲은 노래를 멈추었고, 집집마다 모든 문이 닫혔습니다. 당신은 이 인적 없는 길의 고독한 여행자입니다. 단 하나밖에 없는 나의 벗, 내 가장 사랑하는 님이여, 내 집의 문은 열려 있습니다. 꿈인 듯 그냥 지나가지는 마십시오.

---

*인도의 우기는 6월에서 9월까지 오랜 기간 이어진다.

23

나의 벗이여, 이 폭풍우 치는 밤에 당신은 사랑의 여행을 떠나 길 위에 있습니까? 하늘은 절망한 자처럼 흐느끼고 있습니다.

오늘 밤 나는 잠을 이룰 수 없습니다. 나의 벗이여, 몇 번이나 문을 열고 어둠 속을 응시합니다.

내 앞에는 아무것도 보이지 않습니다. 당신은 어느 길로 오고 있습니까?

어느 칠흑같이 어두운 강의 희미한 물가, 어느 눈썹 찌푸린 숲의 아득한 언저리, 어느 어둠 속 깊은 미로를 따라, 나의 벗이여, 당신은 나에게로 오는 길을 밟아 오고 있습니까?

24

한낮이 지나 새들이 더 이상 노래하지 않으면, 바람도 지쳐 숨을 죽이면, 짙은 어둠의 사리*를 내 위에 드리워 주소서. 해 질 녘 당신이 대지를 잠의 이불로 덮어 주고 졸려 하는 연꽃의 꽃잎들을 부드럽게 닫아 주듯이.

여정이 끝나기도 전에 식량 주머니가 비고, 옷은 해져 흙먼지로 덮이고, 걸을 힘도 다한 이 여행자의 부끄러움과 가난을 가려 주소서. 당신의 다정한 밤의 담요 아래 있는 한 송이 꽃인 듯 이 생명을 새롭게 소생시켜 주소서.

* 인도 여성들이 입는 전통 의상으로, 길이 1미터에 폭 4미터의 한 장짜리 천.

지친 밤에는 잠과 씨름하지 않고 편안히 잠들게 하소서. 내 신뢰를 온전히 당신에게 맡긴 채.

내 지친 정신이 억지로 당신을 위해 초라한 예배를 준비하지 않게 하소서.

하루의 피곤해진 눈 위로 밤의 장막을 드리우는 이는 당신입니다. 더 싱그러운 기쁨으로 깨어나 세상을 보는 눈이 새로워질 수 있게 하는 이도 당신입니다.

26

그가 와서 내 곁에 앉았으나 나는 잠에서 깨어나지 못했습니다. 아, 원망스러운 잠이여! 가련한 나여!

밤의 고요 속에서 그는 왔습니다. 손에 현악기를 들고서. 그리하여 내 꿈들은 그 선율에 맞춰 공명했습니다.

어찌하여 나는 나의 모든 밤을 그렇게 허무하게 보냈는가? 어찌하여 매번 그의 모습을 놓치는가? 그의 숨결이 내 잠에 와 닿는데.

27

빛이여! 오, 빛은 어디에 있는가? 타오르는 열망으로 불을 켜라!

여기 한 번도 불이 밝혀진 적 없는 등잔이 하나 있다. 내 가슴이여, 그것이 너의 운명인가? 그렇다면 차라리 죽음이 나은 것을.

고뇌가 너의 문을 두드리며 전한다. 너의 님은 깨어 있으며, 한밤의 어둠을 뚫고 너를 사랑의 밀회에 초대한다고.

하늘은 구름으로 덮이고 비는 잠시도 멎지 않는다. 내 안에서 나를 흔드는 것, 이것이 무엇인지 나는 알지 못한다. 그 의미를 나는 모른다.

한순간 번개의 번쩍임이 더 깊은 어둠으로 내 시야를 가린다. 밤의 음악이 나를 부르는 곳, 내 가슴은 그곳으로 가는 길을 더듬는다.

빛이여! 오, 빛은 어디에 있는가? 타오르는 열망으로 불을 켜라! 천둥이 치고 바람이 비명을 지르며 허공을 가른다. 밤은 흑요석처럼 검다. 어둠 속에서 헛되이 시간을 보내지 말라. 너의 생을 바쳐 사랑의 등불에 불을 켜라.

28

나를 구속하는 속박은 집요하나, 그것을 끊으려고 하면 마음이 아픕니다.

내가 원하는 것은 오직 자유이나, 그것을 갈망하는 것이 부끄럽습니다.

값을 헤아릴 수 없는 부가 당신 안에 있음을 나는 믿습니다. 당신이 나의 가장 소중한 벗임을. 하지만 내 방을 가득 채운 반짝이 장식들을 내다 버릴 용기가 나에게는 없습니다.

나를 감싼 이 옷은 먼지와 죽음의 수의. 나는 그 옷을 증오하면서도 여전히 사랑으로 껴안습니다.

내가 진 빚은 크고 나의 실패는 말할 수 없이 많습니다. 내가 느끼는 수치심은 은밀하고 무겁습니다. 그럼에도 나 자신을 위해 기도할 때면 내 기도가 받아들여지지 않을까 두려워 떱니다.

29

내 이름 안에 가둔 그가 이 지하 감옥에서 눈물 흘리고 있습니다. 나는 그의 주위에 벽을 쌓아 올리느라 언제나 분주합니다. 벽이 하늘을 향해 나날이 높아질수록 나는 그 어두운 그늘에 가린 나의 참된 존재를 보지 못합니다.

이 커다란 벽을 나는 자랑하고, 작은 구멍 하나라도 내 이름에 나지 않도록 먼지와 모래를 반죽해 그 벽에 바릅니다. 그리고 그 일에만 온통 주의를 기울이느라 나의 참된 자아를 보지 못합니다.

30

나는 홀로 밖으로 나와 밀회를 위해 길을 떠났습니다. 그러나 이 고요한 어둠 속에서 내 뒤를 따라오는 자, 그는 누구인가요?

그의 존재를 피하려고 옆으로 비켜서지만, 나는 그에게서 벗어날 수 없습니다.

그는 당당한 발걸음으로 흙먼지를 일으킵니다. 그는 내가 하는 모든 말에 자신의 큰 목소리를 덧붙입니다.

나의 님이여, 그는 바로 나의 작은 자아입니다. 그는 부끄러움을 모릅니다. 그러나 나는 그와 함께 당신의 문 앞에 다가가는 것이 부끄럽습니다.

31

'갇힌 자여, 말해 보라. 그대를 가둔 자, 그는 누구인가?'

'나의 주인입니다.' 갇힌 자가 말했다. '나는 부와 권력을 가지면 이 세상 누구보다 뛰어날 수 있으리라 생각했습니다. 그래서 왕에게 속한 재물을 내 보물 창고에 모았습니다. 잠이 밀려왔을 때 나는 주인을 위해 마련한 침상에 누웠습니다. 눈을 떠 보니 나는 내 보물 창고 안에 갇혀 있었습니다.'

'갇힌 자여, 말해 보라. 이 끊을 수 없는 쇠사슬을 만든 자, 그는 누구인가?'

'나 자신입니다. 이 쇠사슬을 공들여 만든 자는.' 갇힌 자가 말했다. '나는 누구도 꺾지 못할 권력을 가지면 세상을 지배해 나 자신의 자유를 방해받지 않으리라 생각했습니다. 그래서 밤낮없이 거대한 불길로 쇠를 달구고 무자비한 망치질로 두드려 사슬을 만들었습니다. 마침내 누구도 끊을 수 없는 사슬의 고리가 완성되었을 때, 나는 깨달았습니다. 쇠사슬에 묶인 것은 나 자신임을.'

32

이 세상에서 나를 사랑하는 사람들은 온갖 방법으로 나를 단단히 묶으려 합니다. 그러나 그들의 사랑보다 더 큰 당신의 사랑은 그렇게 하지 않습니다. 당신은 나를 자유롭게 놓아 둡니다.

내가 자신들을 잊을까 염려해 사람들은 나를 홀로 내버려 두지 않습니다. 하지만 하루가 지나고 또 지나도 당신은 내 앞에 모습을 보이지 않습니다.

내 기도 속에서 당신을 부르지 않아도, 내 마음속에 당신이 있지 않아도, 나를 향한 당신의 사랑은 여전히 나의 사랑을 기다립니다.

33

낮에 그들이 나의 집으로 들어와 말했습니다. '우리는 이 집의 가장 작은 방만을 빌리겠소.'

그들은 또 말했습니다. '우리는 당신이 신에게 예배하는 것을 돕겠소. 그리고 신이 주시는 은총 중에서 우리의 몫만큼만 겸허히 받겠소.' 그러고 나서 그들은 구석에 자리를 잡고, 조용하고 온순하게 앉았습니다.

그러나 밤의 어둠 속에서 나는 알아차립니다. 그들이 거칠고 난폭하게 나의 성소에 침입하는 것을. 그리고 신의 제단에 바친 것들을 불경한 탐욕으로 가로채는 것을.

내 소유의 아주 작은 부분만 남게 하소서. 당신을 나의 전부라 부를 수 있도록.

내 의지의 아주 작은 부분만 남게 하소서. 모든 곳에서 당신을 느끼고, 모든 것 속에서 당신에게 다가가고, 모든 순간에 당신에게 내 사랑을 바칠 수 있도록.

내 존재의 아주 작은 부분만 남게 하소서. 당신을 결코 숨길 수 없도록.

내 족쇄의 아주 작은 부분만 남게 하소서. 당신의 의지에 묶이고, 당신의 목적이 내 삶 안에서 이루어지도록. 그것이 당신의 사랑의 족쇄이므로.

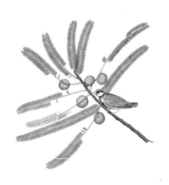

35

마음에 아무 두려움 없이 머리를 높이 쳐들 수 있는 곳

앎이 자유로운 곳

세계가 국경이라는 편협한 벽에 의해 여러 조각으로 분리되지 않은 곳

말이 진실 깊은 곳에서 흘러나오는 곳

지칠 줄 모르는 노력이 완성을 향해 팔을 뻗는 곳

이성의 맑은 강이 죽은 관습의 황량한 모래사막에서 길을 잃지 않는 곳

정신이 당신에게 인도되어, 사색과 행동의 지평을 끝없이 넓혀 가는 곳

그런 자유의 천국을 향해, 나의 아버지여, 내 나라가 깨어나게 하소서.

36

나의 님이여, 이것이 당신에게 바치는 나의 기도입니다. 내 마음속 빈곤의 뿌리를 잘라 내고 또 잘라 내소서.

기쁨과 슬픔을 가볍게 견딜 수 있는 힘을 주소서.

내 사랑이 섬김 속에서 결실을 맺도록 힘을 주소서.

가난한 사람을 결코 저버리지 않고, 거만한 권력 앞에 무릎 꿇지 않을 힘을 주소서.

일상의 사소한 일들을 초월해 정신을 높이 세울 수 있도록 힘을 주소서.

그리고 나의 힘을 사랑으로 당신의 의지에 바칠 수 있는 힘을 주소서.

37

나는 생각했습니다. 내 힘이 마침내 한계에 이르러 내 여정이 끝났다고. 내 앞에서 길이 끊기고, 식량이 바닥났으며, 이제 침묵하는 망각 속으로 숨을 시간이 되었다고.

그러나 나는 깨닫습니다. 당신의 의지는 내 안에서 끝이 없음을. 낡은 말들이 혀 위에서 생명을 다하는 그 순간, 가슴에서 새로운 곡조가 솟아납니다. 옛길이 사라진 바로 그곳에서 경이로움 그 자체로 새로운 나라가 나타납니다.

38

당신을, 오직 당신만을 원한다고 내 가슴이 언제까지나 말하고 또 말하게 하소서. 낮이나 밤이나 나를 흔드는 욕망들은 모두 거짓되고 그 깊은 곳까지 공허합니다.

밤이 어둠 속에 빛을 기원하는 마음을 감추고 있듯, 내 무의식 깊은 곳에서 하나의 외침이 울립니다. '나는 당신을 원합니다. 오직 당신만을.'

폭풍우가 온 힘을 다해 평화를 깨뜨리며 휘몰아치지만 그럼에도 평화 속에 끝이 나듯, 나의 반항도 당신의 사랑에 맞서 싸우지만 그럼에도 하나의 외침은 이것입니다. '나는 당신을 원합니다. 오직 당신만을.'

마음이 굳어지고 메말랐을 때 자비의 소나기와 더불어 나에게 오소서.

삶이 우아함을 잃었을 때 샘솟는 노래와 함께 오소서.

소란스러운 일이 사방에서 소음을 높여 저 너머의 세계로부터 나를 차단시킬 때, 나의 침묵하는 님이여, 당신의 평화와 휴식을 가지고 나에게 오소서.

걸인 같은 내 마음이 한구석에 웅크리고 있을 때, 나의 왕이여, 문을 부숴 열고 왕의 위엄을 지니고 오소서.

욕망이 헛된 생각과 미혹으로 마음을 눈멀게 할 때, 성스러운 이여, 언제나 깨어 있는 이여, 당신의 빛과 천둥을 동반하고 나에게 오소서.

40

나의 신이여, 날이 지나고 또 지나도 메마른 나의 가슴에 비가 내리지 않고 있습니다. 지평선이 무섭게 헐벗고 있습니다. 엷게 깔린 부드러운 구름조차 보이지 않고, 멀리 시원한 소나기 내릴 희미한 기색마저 없습니다.

당신의 성난 폭풍을 보내 주십시오. 만약 그것이 당신의 뜻이라면 죽음의 어두운 폭풍을. 그리고 번개의 채찍으로 끝에서 끝까지 하늘을 놀라게 하십시오.

하지만 나의 님이여, 거둬들이십시오. 세상에 퍼져 있는 이 날카롭고 잔인한 열기를. 무서운 절망으로 가슴을 태우는 이 넘치는 침묵의 열기를.

은총의 구름을 저 위에서부터 낮게 드리워 주십시오. 아버지가 화내는 날 어머니의 눈물 가득한 표정처럼.

41

나의 사랑이여, 당신은 그림자 속에 몸을 숨긴 채 사람들 뒤편 어디에 서 있습니까? 사람들은 먼지 이는 길에서 당신을 밀치고 당신이 없다고 생각하면서 당신 곁을 스쳐 지나갑니다. 이곳에서 나는 당신에게 바칠 예물을 펼쳐 놓고 몇 시간이나 지치도록 기다립니다. 그러는 동안 지나가는 행인들이 다가와 한 송이씩 꽃을 가져가, 내 바구니는 거의 비었습니다.

아침이 지나고 한낮의 시간도 다 지났습니다. 저녁의 그림자 속에서 내 눈은 졸음으로 감깁니다. 집으로 돌아가는 사람들이 나를 곁눈질로 보고 비웃으면 내 마음은 부끄러움으로 가득 찹니다. 나는 구걸하는 처녀처럼 앉아 옷자락을 끌어당겨 얼굴을 묻습니다. 사람들이 내게 원하는 것이 무엇이냐고 물으면 나는 시선을 떨구고 아무 말도 하지 못합니다.

아, 정말로 그들에게 어떻게 말할 수 있을까요? 내가 당신을 기다리고 있다는 것을. 그리고 당신이 찾아오겠다고 약속했다는 것을. 이 가난을 나의 지참금으로 간직하고 있다는 것을 부끄러워서 어떻게 밝힐 수 있을까요? 나는 다만 당신에 대한 자부심을 가슴속 비밀로 간직하고 있을 뿐입니다.

풀밭에 앉아 하늘을 응시하며 나는 홀연히 다가오는 당신의 찬란한 모습을 꿈꿉니다. 온갖 불꽃이 타오르고, 당신이 탄 수레 위에서 황금색 삼각 깃발들이 나부낍니다. 사람들은 길가에 서서 놀란 눈을 뜨고 바라봅니다. 당신이 수레에서 내려와 나를 흙먼지 속에서 일으켜 세우는 것을. 그리고 여름 산들바람 속 덩굴풀처럼 부끄러움과 자랑스러움으로 몸을 떠는 이 누더기 차림의 걸인 처녀를 당신 곁에 앉히는 것을.

하지만 시간은 속절없이 흐르고, 당신이 타고 오는 수레바퀴 소리는 아직 들리지 않습니다. 수많은 사람들의 행렬이 화려함을 뽐내며 소란스럽게 내 앞을 지나갑니다. 그들 모두의 뒤편 어딘가 그림자 속에 고요히 서 있는 것은 오직 당신뿐인가요? 헛된 갈망으로 가슴이 지치도록 눈물 흘리며 기다리는 것은 오직 나뿐인가요?

42

이른 아침, 하나의 속삭임이 내 귀에 들렸습니다. 오직 당신과 나, 단둘이서만 배를 타고 항해를 떠나야 한다고. 정해진 나라도 없이 끝없이 이어질 우리의 순례 여행을 이 세상 단 한 사람도 이해하지 못할 것이라고.

해안도 보이지 않는 드넓은 바다에서 당신이 무언의 미소를 지으며 귀 기울여 들을 때 나의 노래는 아름다운 선율로 날아오를 것입니다. 모든 언어의 속박에서 벗어나, 파도처럼 자유롭게.

아직 떠날 시간이 오지 않았나요? 아직도 할 일들이 남아있나요? 벌써 저녁이 해안에 내려앉고, 옅어져 가는 빛 속에서 바닷새들도 저들의 둥지로 날아가고 있습니다.

누가 알까요, 이 사슬의 속박이 풀어질 때를? 우리의 배가 석양의 마지막 빛처럼 밤 속으로 사라질 때를?

43

그날 나는 당신을 맞이할 준비가 되어 있지 않았습니다. 당신은 초대하지 않았는데도 내가 알지 못하는 사이 낯익은 군중의 한 사람처럼 내 마음 안에 들어왔습니다. 그리고 덧없이 흘러가는 내 삶의 수많은 순간들에 영원이라는 각인을 새겨 놓았습니다.

그리고 오늘, 우연히 그 지나간 순간들에 불을 비추자 그곳에 새겨진 당신의 각인이 보였습니다. 그것들은 잊혀진 내 사소한 날들의 기쁘고 슬픈 기억들과 뒤섞여 먼지 속에 흩어져 있었습니다.

당신은 흙투성이인 나의 어린아이 같은 놀이를 경멸하며 돌아서지 않았습니다. 내가 놀던 곳에서 들었던 발소리는 별에서 별로 메아리치는 당신의 발소리와 같은 것이었습니다.

44

이것은 나의 큰 기쁨입니다. 그림자가 빛을 뒤쫓아 가고 빗줄기가 여름의 뒤를 따라오는 것을 지켜보며 이렇게 길가에 앉아 당신을 기다리는 것은.

미지의 하늘로부터 소식을 가져오는 전령들이 나에게 인사하며 서둘러 길을 달려옵니다. 내 가슴은 기쁨으로 물들고, 스쳐 지나가는 산들바람의 숨결이 감미롭습니다.

새벽부터 황혼 녘까지 나는 여기 내 집 문 앞에 앉아 있습니다. 그러면 갑자기 행복한 만남의 순간이 찾아오리라는 것을 나는 압니다.

기다리는 동안 나는 미소 지으며 홀로 노래합니다. 기다리는 동안 대기는 약속의 향기로 가득합니다.

45

그의 조용한 발소리를 듣지 못했는가? 그가 오고 있다. 언제나 나를 향해 오고 있다.

모든 순간, 모든 시대, 모든 낮과 밤에 그가 오고 있다. 언제나 나를 향해 오고 있다.

나는 수없이 바뀌는 내 마음의 감정에 따라 수많은 노래를 불러 왔지만, 모든 선율이 변함없이 노래한 것은 이것. '그가 오고 있다. 언제나 나를 향해 오고 있다.'

햇빛 가득한 사월의 향기로운 낮에 숲의 오솔길을 밟고서 그가 오고 있다. 언제나 나를 향해 오고 있다.

비에 젖은 칠월의 울적한 밤에 천둥 치는 구름의 수레를 타고서 그가 오고 있다. 언제나 나를 향해 오고 있다.

슬픔 다음에 또 슬픔이 이어질 때 내 가슴을 밟고 오는 것은 그의 발소리. 그리고 내 기쁨을 빛나게 하는 것은 그 발의 황금빛 감촉.

46

나는 알지 못합니다. 얼마나 먼 시간대에서부터 당신이 나를 만나기 위해 쉬지 않고 오고 있는지. 태양과 별들은 당신을 내 시야에서 아주 가릴 수 없습니다.

수많은 아침과 저녁에 나는 당신의 발소리를 들어 왔습니다. 당신이 보낸 전령이 내 가슴속에 와서 은밀히 나를 부르곤 했습니다.

다만 나는 알지 못합니다. 왜 오늘 내 생명이 이토록 들뜨는지. 왜 이토록 떨리는 기쁨이 내 가슴을 관통하는지.

이제 나의 일을 끝낼 시간이 온 듯합니다. 나는 느낍니다. 당신의 감미로운 존재를 알리는 옅은 향기가 대기 중에 퍼지는 것을.

47

그를 기다리며 헛되이 밤을 지새웠다. 아침에 지쳐 잠들었을 때 그가 갑자기 내 문 앞으로 올까 두렵다. 벗들이여, 그가 오는 길을 열어 두라. 그를 막지 말라.

그의 발걸음 소리가 나를 깨우지 못한다 해도 나를 일어나게 하지 말라. 새들의 소란스러운 합창, 아침 햇살의 향연 속 휘몰아치는 바람 소리에는 잠을 깨고 싶지 않다. 설령 나의 님이 갑자기 내 문 앞에 올지라도 내 잠을 흔들지 말라.

나의 잠이여, 오직 그의 손길에 의해서만 깨어나기를 기다리는 소중한 잠이여. 잠의 어둠으로부터 모습을 나타낸 하나의 꿈처럼 그가 내 앞에 서 있을 때 오직 그의 미소가 보내는 빛에 의해서만 눈꺼풀을 열 나의 감긴 눈이여.

모든 빛, 모든 형상 중에 가장 먼저 그가 내 시야에 나타나게 하라. 잠에서 깨어난 내 혼이 느낄 첫 기쁨의 떨림은 그의 눈길에서 오게 하라. 눈을 떠 나 자신으로 돌아오는 것이 곧 그에게로 돌아가는 일이 되게 하라.

48

침묵의 아침 바다는 새들의 노래와 함께 잔물결로 부서지고, 꽃들은 길가에서 하나같이 즐거워하고 있었습니다. 구름의 갈라진 틈 사이로 풍요로운 황금빛 햇살이 쏟아져 내렸습니다. 하지만 우리는 분주하게 우리의 갈 길을 가느라 그것들에 눈길을 주지 않았습니다.

우리는 기쁨의 노래를 부르지도 않았고, 놀이를 하지도 않았습니다. 물건을 사고팔기 위해 마을에 가지도 않았습니다. 말을 하거나 웃지도 않았습니다. 길에서 놀지도 않았습니다. 시간이 빨리 흘러감에 따라 더욱더 발걸음을 재촉했습니다.

해가 중천에 떴고, 비둘기는 그늘에서 울었습니다. 정오의 열기 속에 시든 잎들이 회전하며 춤을 추었습니다. 양치기 소년은 바니안나무* 그늘 아래서 꾸벅꾸벅 졸며 꿈을 꾸었습니다. 그리고 나는 물가에 누워 지친 팔과 다리를 풀밭에 뻗었습니다.

친구들은 경멸하며 나에게 비웃음을 던졌습니다. 그들은 머리를 꼿꼿이 세우고 서둘러 가 버렸습니다. 결코 뒤를 돌아보지도, 쉬지도 않았습니다. 다만 저 멀리 푸른 안개 속으로 사라졌습니다. 그들은 수많은 들판과 언덕을 가로지르고, 먼 곳의 이상한 나라들을 지나갔습니다. 끝없이 이어지는 길을 가는 영웅적인 주인공인 그대들에게 모든 영광이 함께하기를! 비웃음과 비난이 나를 일어나라고 자극했지만, 내 안에서는 아무런 반응도 일어나지 않았습니다. 나는 나 자신을 포기한 채 기꺼이 굴욕의 심연 속에, 어렴풋한 환희의 그늘 속에 자신을 던졌습니다.

태양이 수놓아진 초록빛 그늘이 주는 안식이 서서히 내 마음에 번졌습니다. 나는 내가 무엇을 위해 여행하고 있었는지 잊은 채, 아무 저항 없이 그늘과 노래의 미로에 내 마음을 맡겼습니다.

마침내 잠에서 깨어 눈을 떴을 때, 나는 당신이 내 곁에 서서 미소로 내 잠을 감싸고 있는 것을 보았습니다. 그 길이 멀고 지루할까 봐, 당신에게 이르는 고난이 힘들까 봐 나는 얼마나 두려워했던가요!

---

* 인도를 상징하는 나무로, 벵골보리수로도 불린다. 여러 개의 공기뿌리를 가지에서 내려뜨리며 자란다.

49

당신은 왕좌에서 내려와 내 오두막 문 앞에 섰습니다.

나는 홀로 구석에서 노래하고 있었는데, 그 선율이 당신의 귀에 닿은 것입니다. 당신은 내려와 내 오두막 문 앞에 섰습니다.

당신의 왕궁에는 노래의 대가들이 수없이 많아, 그곳에서는 밤낮없이 노래가 울려 퍼집니다. 하지만 이 초보자의 소박한 찬가가 당신의 사랑에 가닿은 것입니다. 한 줄기 가냘프고 보잘것없는 가락이 세상의 위대한 음악들과 하나가 되었으며, 그 상으로 당신은 한 송이 꽃을 들고 내려와 내 오두막 문 앞에 섰습니다.

50

나는 집집마다 구걸하며 마을 길을 걷고 있었습니다. 그때 황홀한 꿈처럼 저 멀리서 당신의 황금 수레가 나타났습니다. 이 왕 중의 왕이 누구일까 나는 궁금했습니다.

희망이 드높이 솟아올랐고, 이제 나의 불운한 날들이 끝났다고 생각했습니다. 그래서 나는 요구하지 않아도 주어질 선물과 흙먼지 속 사방에 흩뿌려질 재물을 기다리며 서 있었습니다.

수레는 내가 서 있는 곳에 와서 멈추었습니다. 당신의 눈길이 내 위에 멎었고, 당신은 미소 지으며 수레에서 내려왔습니다. 마침내 내 삶에 행운이 찾아왔다고 나는 느꼈습니다. 그때 갑자기 오른손을 내밀며 당신이 말했습니다. '그대는 내게 무엇을 주려 하는가?'

이 얼마나 왕다운 농담입니까! 걸인에게 구걸의 손을 내밀다니! 나는 당황하여 어쩔 줄 몰라 하며 서 있었습니다. 그러다가 천천히 내 바랑에서 아주 작은 옥수수 낟알 하나를 꺼내 당신에게 바쳤습니다.

그러나 날이 저물어 바랑 속에 있는 것들을 바닥에 비웠을 때, 초라한 물건들 속에서 아주 작은 황금 구슬을 발견하고 내 놀라움은 얼마나 컸던가요! 나는 슬프게 울며 후회했습니다. 당신에게 내 전부를 바칠 마음을 갖지 못했던 것을.

51

밤이 오고 어둠이 깊어졌다. 우리의 하루 일도 끝이 났다. 우리는 그날 밤 손님이 더 이상 없을 것이라 생각했고, 마을의 문들도 모두 닫혔다. 다만 누군가가 왕이 올 것이라고 말했다. 우리는 웃으며 말했다. '아니야, 그럴 리 없어!'

문 두드리는 소리가 들리는 것도 같았지만, 우리는 그것이 그저 바람 소리일 뿐이라고 말했다. 불을 끄고 우리는 낮은 자리에 누웠다. 다만 누군가가 말했다. '왕의 전령이다!' 우리는 웃으며 말했다. '아니야, 저건 바람 소리가 틀림없어!'

모두가 잠든 한밤중에 소리가 들려왔다. 우리는 잠에 취해 그것이 멀리서 나는 천둥소리일 것이라 생각했다. 땅이 울리고 벽이 흔들려서 우리는 잠을 이룰 수 없었다. 다만 누군가가 그것이 바퀴 소리라고 말했다. 우리는 잠결에 중얼거렸다. '아니야, 저건 구름이 우르릉거리는 소리가 틀림없어.'

밤이 아직 깊었을 때 북소리가 울리고 누군가의 목소리가 들렸다. '일어나라! 지체하지 말라!' 우리는 두 손으로 가슴을 누르며 두려움에 떨었다. 그때 누군가가 말했다. '보라, 왕의 깃발이다!' 우리는 서둘러 일어나서 외쳤다. '머뭇거릴 시간이 없다!'

왕이 찾아왔다. 하지만 등불은 어디 있고 화환은 어디 있는가? 왕이 앉을 옥좌는 어디 있는가? 아, 부끄러워라! 진정 부끄러워라! 왕이 머물 방은 어디에 있으며, 그 방을 꾸밀 장식들은 어디에 있는가? 누군가가 말했다. '그렇게 울어도 소용없다! 빈손으로 그를 맞이하라. 아무 장식 없는 그대의 방으로 그를 모시라!'

문을 열고, 소라 나팔을 불라! 한밤중 어둡고 황량한 집에 왕이 찾아왔다. 하늘에서 천둥이 구른다. 어둠이 번개에 몸을 떤다. 그대의 누더기 깔개를 가지고 나와 안뜰에 펼쳐 놓으라. 두려운 밤의 왕이 폭풍우와 함께 홀연히 찾아왔다.

52

나는 당신에게 부탁하고 싶었습니다. 당신의 목에 두른 장
미꽃 목걸이를 달라고. 하지만 그렇게 말할 용기가 없었습니
다. 그래서 나는 당신이 떠나는 시각인 아침이 올 때까지 기
다렸습니다. 침상 위에 남겨진 당신의 자취라도 줍기 위해.
새벽의 미명 속에서 나는 걸인처럼 한두 개의 떨어진 꽃잎
만이라도 찾으려 했습니다.

아, 그렇게 해서 내가 발견한 것은 무엇인가요? 당신의 사
랑이 남긴 징표는 무엇인가요? 그것은 꽃도 아니고, 향료도
아니고, 향수 담긴 병도 아닙니다. 그것은 당신의 강력한 검.
불길처럼 번쩍이고 번갯불처럼 무거운 검. 이른 아침의 빛이
창문으로 들어와 당신의 침상에 퍼집니다. 아침 새가 지저귀
며 묻습니다. '여인이여, 넌 무엇을 손에 넣었는가?' 내가 찾
은 것은 꽃도 아니고, 향료도 아니고, 향수 담긴 병도 아닙니
다. 그것은 당신의 무서운 검.

놀라움 속에 앉아 나는 생각에 잠깁니다. 당신이 준 이 선
물은 무엇일까? 그것을 감출 장소를 나는 알지 못합니다. 나
는 연약하여 그것을 몸에 차고 다니는 것이 부끄럽습니다.
가슴에 끌어안으면 그것이 나를 상처 입힙니다. 그럼에도 나

는 그것을 가슴에 지닐 것입니다. 당신이 준 선물, 고통스러운 이 영광의 짐을.

이제부터 나는 이 세상에서 두려울 것이 아무것도 없습니다. 나의 모든 싸움에서 당신이 승리할 것이기 때문입니다. 당신은 죽음을 나의 동반자로 남겼으니, 나는 내 생명의 왕관을 그에게 바치겠습니다. 당신의 검이 나와 함께 있어서 내 속박을 산산이 부숩니다. 나는 이 세상에서 두려울 것이 아무것도 없습니다.

이제부터 나는 하찮은 치장들을 모두 떼어 버릴 것입니다. 내 마음의 주인이여, 이제 구석에서 당신을 기다리며 우는 일은 더 이상 없을 것입니다. 수줍어하거나 일부러 귀엽게 행동하는 일도 더 이상 없을 것입니다. 당신은 내게 당신의 검을 장식으로 주었습니다. 이제 인형 장식은 내게 더 이상 필요 없습니다.

53

별들로 장식되고 무수한 색채의 보석들을 정교하게 박아 넣은 당신의 팔찌는 아름답습니다. 하지만 내게는 번개의 곡선을 가진 당신의 검이 더 아름답습니다. 비슈누 신*을 태운 신령한 새**가 성난 듯 타오르는 저녁노을의 붉은빛 속에서 완벽한 자세를 잡고 날개를 활짝 펼친 것 같은 당신의 검이.

당신의 검은 떨립니다. 죽음의 최후의 일격을 당하고 고통의 황홀경 속에서 생명이 마지막 반응을 보이듯. 당신의 검은 빛납니다. 한 줄기 격렬한 섬광으로 속세의 감각을 모두 태워 버리는 정화의 불길처럼.

---

* 세계를 유지하고 보존하는 기능을 담당한 신으로, 세상의 질서와 정의를 지키고 인류를 보호하는 존재이다. 창조의 신 브라흐마, 파괴와 변화의 신 시바와 함께 힌두교의 3대 신 중 하나.

** 인도 신화에 등장하는 새들의 왕 가루다를 가리킨다.

별의 보석들을 아로새긴 당신의 팔찌는 아름답습니다. 하지만 천둥의 주인***이여, 당신의 검은 궁극의 아름다움으로 만들어졌습니다. 바라보기만 해도, 혹은 생각만 해도 두려운 아름다움으로.

*** 천둥의 주인은 고대 인도 경전 『베다』에 등장하는 우레의 신 인드라를 암시한다.

54

나는 당신에게 아무것도 원하지 않았습니다. 당신의 귀에
내 이름도 말하지 않았습니다. 당신이 떠나갈 때 그저 말없
이 서 있었습니다. 나무가 비스듬히 그늘을 드리운 우물가에
홀로 남아 있었습니다. 여인들은 갈색 질항아리에 넘치도록
물을 길어 머리에 이고 집으로 돌아갔습니다. 그들은 나를
부르며 소리쳤습니다. '우리와 함께 가요. 아침이 지나고 벌
써 한낮이에요.' 그러나 나는 어렴풋한 생각 속을 헤매며 잠
시 서성였습니다.

당신이 왔을 때 나는 그 발걸음 소리를 듣지 못했습니다.
당신의 눈길이 내게 닿았을 때 그 눈빛이 슬펐습니다. 당신
이 낮은 목소리로 '나는 목마른 여행자요.' 하고 말했을 때
그 음성은 지쳐 있었습니다. 나는 놀라 한낮의 꿈에서 깨어
나 당신의 모은 두 손에 항아리의 물을 부어 주었습니다. 나
뭇잎들이 머리 위에서 살랑거렸습니다. 보이지 않는 어둠 속
어디선가 뻐꾸기가 노래하고, 바블라* 꽃향기가 길모퉁이에
서 흘러왔습니다.

당신이 내 이름을 물었을 때 나는 부끄러워 아무 말도 못
한 채 서 있었습니다. 진실로, 당신이 나를 기억 속에 간직할

수 있도록 나는 무엇을 했던가요? 하지만 당신의 갈증을 달랠 수 있게 내가 물을 줄 수 있었다는 사실은 내 가슴에 남아 따뜻한 기억으로 심장을 감쌀 것입니다. 아침 시간이 다 지났습니다. 새들은 나른한 운율로 노래하고, 님나무**의 잎들이 머리 위에서 살랑거립니다. 나는 앉아서 깊은 생각에 잠깁니다.

* 인도산 아카시아로 향기가 매우 강한 콩과 식물. 아라비아아카시아, 아라비아고무나무로도 부른다.

** 인도의 모든 마을과 집에서 자라는 키 큰 늘푸른나무. '마을의 약방'이라 일컬어질 정도로 잎과 껍질과 열매 모두 약용과 비누, 치약, 건강보조식품 등으로 두루 쓰인다.

55

나른함이 그대의 마음을 덮고 있고, 잠이 아직 그대의 눈 꺼풀에 남아 있다.

가시덤불 속에 화려한 꽃이 만발해 있다는 소식이 아직 그대에게는 도착하지 않았는가? 깨어나라, 자리에서 일어나라! 헛되이 시간을 보내지 말라.

돌 깔린 길이 끝나는 곳, 아무도 밟지 않은 고독의 나라에 나의 벗이 홀로 앉아 있다. 그를 속이지 말라. 깨어나라, 자리에서 일어나라!

한낮 태양의 열기에 하늘이 숨을 헐떡이고 전율한다 해도 상관없으리. 불타는 사막이 갈증의 천막을 펼친다 해도 상관없으리.

그를 만나러 가는 그대의 가슴 깊은 곳에 기쁨이 샘솟지 않는가? 그대의 모든 발걸음마다 길의 현악기가 감미로운 고통의 음악을 연주하지 않는가?

이렇듯 당신의 기쁨이 내 안에 가득합니다. 이렇듯 당신은 내게로 내려왔습니다. 모든 하늘의 주인인 당신, 만약 내가 없다면 당신의 사랑이 머물 곳 어딘가요?

당신은 이 모든 부를 나눌 상대로 나를 선택했습니다. 내 마음 안에서 당신의 환희에 찬 놀이가 무한히 이어집니다. 내 삶 속에서 당신의 의지가 언제나 실현됩니다.

그리고 이것을 위해 왕 중의 왕인 당신은 내 마음을 사로 잡으려고 자신을 아름답게 장식했습니다. 그리고 또 이것을 위해 당신의 사랑은 당신이 사랑하는 이의 사랑 속으로 녹아 듭니다. 그리하여 두 혼의 완전한 하나됨 속에 당신은 나타 납니다.

57

빛이여, 나의 빛이여, 세상에 넘치는 빛이여, 눈에 입맞춤
하는 빛이여, 마음을 감미롭게 하는 빛이여!

사랑하는 이여, 빛이 춤을 춥니다. 내 삶의 중심에서. 사랑
하는 이여, 빛이 연주합니다. 내 사랑의 현을. 하늘이 열리고,
바람이 휘몰아치고, 웃음이 대지를 스치고 지나갑니다.

나비들은 빛의 바다에 돛을 펼칩니다. 백합과 말리화*는
빛의 파도들 위로 솟아오릅니다.

사랑하는 이여, 빛이 구름마다 황금색으로 부서져서 무수
한 보석을 흩뿌립니다.

사랑하는 이여, 즐거운 웃음소리가 잎에서 잎으로 퍼져
갑니다. 그 환희는 측량할 길이 없습니다. 하늘의 강이 강둑
을 잠기게 해, 기쁨의 홍수가 사방에 물밀어 갑니다.

---

* 재스민으로도 불린다. 향이 매우 좋아 그 꽃봉오리를 우려 차로 마신다.

58

모든 기쁨의 선율이 나의 마지막 노래에 깃들게 하소서. 대지를 풀잎들의 분방한 과잉으로 넘치게 하는 기쁨, 삶과 죽음이라는 쌍둥이 형제를 이 광대한 세계에서 춤추게 하는 기쁨, 폭풍과 함께 휘몰아쳐서 웃음소리로 온갖 생명을 흔들어 깨우는 기쁨, 고통 속에서 붉은 꽃을 피운 연꽃 위에 눈물 맺힌 채 고요히 앉아 있는 기쁨, 자신이 가진 모든 것을 흙먼지 속에 던져 버리고도 말 한마디 하지 않는 기쁨.

59

그렇습니다. 나는 알고 있습니다. 이 모든 것이 다만 당신의 사랑임을, 내 마음 깊이 사랑하는 이여. 나뭇잎 위에서 춤추는 이 황금빛 햇살도, 하늘을 가로질러 항해하는 이 한가한 구름들도, 차가운 손으로 내 이마를 만지고 지나가는 이 산들바람도 당신의 사랑임을.

아침의 빛이 내 눈 가득 넘칩니다. 이것은 당신이 내 마음에 보내는 사연. 당신의 얼굴이 저 높은 곳에서 내 얼굴을 굽어보고, 당신의 눈이 내 눈을 내려다봅니다. 내 마음은 당신의 발에 가닿습니다.

60

끝없는 세계의 바닷가에 아이들이 모입니다. 무한한 하늘은 머리 위에서 움직임 없고, 휴식을 모르는 물결은 잠시도 가만히 있지 않고 일렁입니다. 끝없는 세계의 바닷가에 아이들이 모여 소리 지르고 춤을 춥니다.

아이들은 모래로 집을 짓고, 빈 조개껍질로 놀이를 합니다. 마른 나뭇잎으로 배를 만들어 웃으면서 넓은 바다에 띄워 보냅니다. 아이들이 세계의 바닷가에서 놀고 있습니다.

아이들은 헤엄칠 줄도 모르고, 그물을 던질 줄도 모릅니다. 진주조개 캐는 어부들은 진주를 찾아 물에 뛰어들고, 상인들은 배를 타고 항해합니다. 그러는 동안 아이들은 조약돌을 모았다가 다시 흩뜨립니다. 아이들은 숨은 보물을 찾지도 않으며, 그물 던지는 법도 알지 못합니다.

바다는 파도를 일으키며 웃고, 해변은 창백한 미소로 빛납니다. 죽음을 실어 오는 파도들이 아이들에게 뜻 모를 노래를 불러 줍니다. 아기의 요람을 흔드는 엄마와도 같이. 바다는 아이들과 함께 장난치고, 해변은 창백한 미소로 빛납니다.

끝없는 세계의 바닷가에 아이들이 모입니다. 폭풍우는 길

없는 하늘을 배회하고, 배는 자취 없는 바다에서 난파하고, 죽음이 도처에 있는데 아이들은 놀고 있습니다. 끝없는 세계의 바닷가에 아이들이 하나 가득 모여 있습니다.

61

아기의 눈에 스치는 잠, 그 잠이 어디서 오는지 누구 아는 사람 있나요? 네, 소문으로는 반딧불이 어슴푸레 불 밝히는 숲의 그늘에 둘러싸인 요정 마을, 그곳에 마법에 걸린 수줍음 잘 타는 두 개의 꽃봉오리*가 매달려 있는데, 그 꽃봉오리가 잠의 집이라고 합니다. 그곳에서부터 잠은 아기의 눈에 입맞춤하러 옵니다.

아기가 잘 때 입술에 어른거리는 미소, 그 미소가 어디서 탄생했는지 누구 아는 사람 있나요? 네, 소문으로는 어리고 창백한 초승달 달빛이 옅어져 가는 가을 구름의 가장자리에 닿았을 때, 이슬에 씻긴 아침의 꿈속에서 처음으로 미소가 태어났다고 합니다. 아기가 잘 때 입술에 어른거리는 그 미소는.

아기의 팔과 다리에서 피어나는 감미롭고 부드러운 싱그러움, 그 싱그러움이 어디에 그토록 오래 숨어 있었는지 누구 아는 사람 있나요? 네, 아기의 어머니가 처녀였을 때 그

*엄마의 젖꼭지를 가리킨다.

싱그러움은 부드러운 사랑의 신비로 그녀의 심장에 스며들어 있었습니다. 아기의 팔과 다리에 피어나는 그 감미롭고 부드러운 싱그러움은.

62

너에게 채색된 장난감들을 가져다줄 때 나는 이해한다, 아
가야. 왜 구름 위에, 물의 수면에 그토록 많은 색깔들의 즐거
운 놀이가 있는지. 그리고 왜 꽃들은 갖가지 색깔로 단장하
고 있는지. 너에게 채색된 장난감을 줄 때, 아가야.

노래를 불러 너를 춤추게 할 때 나는 진실로 알게 된다.
왜 나뭇잎들 속에 음악이 있는지. 그리고 왜 파도들은 귀 기
울이는 대지의 가슴에 온갖 소리로 합창을 보내는지. 노래
를 불러 너를 춤추게 할 때.

너의 욕심부리는 손에 달콤한 것들을 쥐여 줄 때 나는 알
게 된다. 왜 꽃들의 잔에 꿀이 있는지. 그리고 왜 열매들은
달콤한 즙으로 은밀히 채워지는지. 너의 욕심부리는 손에
달콤한 것들을 쥐여 줄 때.

사랑하는 아가야, 웃는 너를 보려고 네 얼굴에 입 맞출 때
나는 확실히 깨닫는다. 아침 햇빛을 받아 하늘에 물밀어 가
는 기쁨이 어떤 것인지. 그리고 여름날의 미풍이 내 몸에 전
해 주는 즐거움이 어떤 것인지. 웃는 너를 보려고 네 얼굴에
입 맞출 때.

63

당신은 내가 알지 못하던 벗들에게 나를 알게 했습니다. 당신은 나의 집이 아닌 집에 나의 자리를 마련해 주었습니다. 당신은 먼 곳을 가깝게 하고, 낯선 이와 나를 형제로 만들었습니다.

익숙한 안식처를 떠나야만 할 때 나는 마음이 불안합니다. 새로운 것에 옛것이 깃들어 있음을, 그곳에도 당신이 머물러 있음을 나는 잊어버립니다.

탄생과 죽음을 초월해, 이 세상에서도 다른 세상에서도, 당신이 나를 이끄는 곳 어디에서나 내 가슴을 늘 기쁨의 끈으로 미지의 세계와 연결해 주는 이는 당신입니다. 영원히 이어지는 내 생명의 유일한 동행, 언제나 변함없는 동반자인 당신입니다.

당신을 알면 내게 낯선 자는 아무도 없으며, 닫힌 문은 어디에도 없습니다. 내 기도를 들어주소서. 세상 만물의 유희 속에서 유일자인 당신과 접촉하는 더없는 행복을 내가 잃지 않도록.

64

황량한 강기슭 무성히 자란 풀들 사이에서 나는 물었습니다. '아가씨, 옷자락으로 꽃등불을 가리고 어디로 가나요? 내 집은 온통 어둡고 외롭습니다. 당신의 꽃등불을 빌려줄 수 있나요?' 그녀는 잠시 검은 눈을 들어 어스름 황혼 속에서 내 얼굴을 바라보았습니다. 그리고 말했습니다. '나는 내 꽃등불을 물 위에 띄워 보내려고 강에 왔어요. 낮의 빛이 서쪽으로 스러지면.' 나는 키 큰 풀들 사이에 홀로 서서 지켜보았습니다. 그녀가 띄운 꽃등불 머뭇거리는 불꽃이 물결 위로 부질없이 흘러가는 것을.

깊어 가는 밤의 고요 속에서 나는 물었습니다. '아가씨, 당신의 꽃등불들이 모두 환하게 켜져 있군요. 그런데 당신은 꽃등불을 들고 어디로 가나요? 내 집은 온통 어둡고 외롭습니다. 당신의 꽃등불을 빌려줄 수 있나요?' 그녀는 검은 눈을 들어 내 얼굴을 바라보고는 잠시 머뭇거리며 서 있었습니다. 그리고 마침내 말했습니다. '나는 내 꽃등불을 하늘에 바치려고 왔어요.' 나는 그곳에 서서 지켜보았습니다. 그녀의 꽃등불이 허공에서 덧없이 타오르는 것을.

달도 뜨지 않은 한밤의 어둠 속에서 나는 물었습니다. '아가씨, 가슴 가까이 등불을 들고 무엇을 찾고 있나요? 내 집은 온통 어둡고 외롭습니다. 당신의 등불을 빌려줄 수 있나요?' 그녀는 잠시 멈춰 서서 생각하더니 어둠 속 내 얼굴을 응시했습니다. 그리고 말했습니다. '나는 등불 축제*에 참가하려고 내 꽃등불을 가져왔어요.' 나는 그곳에 서서 지켜보았습니다. 그녀의 작은 꽃등불이 뭇 등불들 사이로 무심히 사라져 가는 것을.

* 집 안팎에 등잔을 밝히는 디왈리 축제를 가리킨다. 힌두 달력의 10월 중순에서 11월 중순 사이의 음력 초하루, 달 없는 밤에 찾아온다.

65

나의 님이여, 당신은 내 생명이 넘쳐흐르는 이 잔으로 어떤 신성한 술을 마시려 하나요?

나의 시인이여, 내 눈을 통해 당신의 창조물을 바라보는 것이 당신의 즐거움인가요? 내 귀 입구에 서서 당신 자신의 영원한 화음에 조용히 귀를 기울이는 것이?

당신의 세계는 내 마음속에서 단어들을 찾고, 당신의 기쁨은 그 단어들에 음악을 보탭니다. 당신은 사랑으로 자신을 내게 주고는, 내 안에서 당신 자신의 모든 감미로움을 느낍니다.

66

나의 님이여, 내 존재 깊은 곳, 황혼의 희미한 빛 속에 언제나 머물러 있는 그녀는, 그리고 아침의 빛 속에서도 결코 베일을 벗은 적 없는 그녀는, 내 마지막 노래로 감싸 당신에게 올리는 나의 마지막 선물입니다.

어떤 구애의 말도 그녀의 마음을 얻는 데 실패했습니다. 설득이 간절한 두 팔을 내밀었지만 그녀를 안지 못했습니다.

가슴의 심연에 그녀를 간직한 채 나는 이 나라 저 나라로 방랑했습니다. 내 삶의 성장과 쇠락이 그녀 주위에서 일어나고 추락했습니다.

나의 생각과 행동을, 나의 잠과 꿈을 지배하면서도 그녀는 홀로 떨어져 살았습니다.

수많은 사람들이 내 문을 두드리며 그녀와 만나기를 희망했으나, 절망 속에 돌아서야 했습니다.

그녀와 얼굴을 마주한 이는 이 세상에 아무도 없습니다. 그녀는 다만 고독 속에 머물며 당신이 알아봐 주기를 기다리고 있습니다.

67

당신은 하늘이며, 당신은 또한 둥지입니다.

아름다운 이여, 그곳 둥지 안에는 당신의 사랑이 있어, 색
과 소리와 향기로 영혼을 감쌉니다.

그곳에 아침이 아름다운 화환을 담은 황금빛 바구니를
오른손에 들고 찾아와서, 고요히 대지의 머리에 얹습니다.

그리고 그곳에, 길 없는 길을 따라 가축의 무리 돌아간 고
독한 초원 위로 저녁이 찾아옵니다. 서쪽 잠의 바다에서 길
어 올린, 시원한 평화의 물이 담긴 황금빛 물동이를 들고서.

그러나 그곳, 영혼이 비상할 수 있도록 무한한 하늘이 펼
쳐진 그곳에는 순백의 때 묻지 않은 빛이 지배합니다. 그곳
에는 낮도 없고 밤도 없으며, 형상도 없고 색도 없습니다. 인
간의 언어는 더더욱 존재하지 않습니다.

68

당신의 햇빛이 두 팔을 펼치고, 내가 있는 이 지상에 내려와 온종일 내 문 앞에 서 있습니다. 나의 눈물과 한숨과 노래로 엮은 구름을 가져다 당신의 발아래 바치기 위해.

당신은 그 안개 낀 구름의 천으로 별 반짝이는 당신의 가슴 언저리를 즐겁게 감쌉니다. 그리고 그 천을 무수한 형태로 바꾸기도 하고 수많은 주름을 접기도 하면서 시시각각 변화하는 색조로 물들입니다.

그 천은 너무 가볍고, 너무 덧없으며, 부드럽고, 눈물이 어려 있고, 어둡습니다. 티 없이 맑고 투명한 이여, 당신이 그 천을 사랑하는 이유는 그 때문입니다. 그리고 그 천이 자신의 애처로운 그림자로 당신의 눈부신 흰빛을 가릴 수 있는 것도 그 때문입니다.

69

낮도 없고 밤도 없이 내 혈관 속을 달리는 것과 똑같은 생명의 물줄기가 이 세계 속을 관통하며 율동에 맞춰 춤을 춥니다.

그것과 똑같은 생명이 기쁨에 젖어 대지의 흙먼지를 뚫고 나와 헤아릴 수 없이 많은 풀잎들로 움트고, 잎사귀와 꽃들의 떠들썩한 물결로 바뀝니다.

그것과 똑같은 생명이 탄생과 죽음이 소용돌이치는 대양의 요람 안에서 밀물과 썰물로 흔들립니다.

나는 느낍니다. 이 생명 넘치는 세상과 접촉함으로써 내 팔과 다리가 영광스러워지는 것을. 또 내가 느끼는 이 자부심은 태곳적부터 이어져 온 그 생명의 맥박에서 옵니다. 지금 이 순간 내 혈관 속에서 춤추고 있는 그 맥박에서.

이 율동의 즐거움과 더불어 즐거워하는 것, 이 두려운 기쁨의 소용돌이 속에 던져져 함께 휩쓸리고 부서지는 것은 당신의 품을 넘어서는 일인가요?

모든 것이 전속력으로 밀려옵니다. 멈추지도 않고, 뒤를 돌아보지도 않습니다. 어떤 힘으로도 그들을 멈춰 세우는 것이 불가능합니다. 모든 것이 전속력으로 다가옵니다.

그 멈출 줄 모르는 빠른 음악에 발맞춰 계절이 춤추며 다가왔다가 지나갑니다. 색과 음악과 향기가 끊임없는 폭포처럼 퍼부어집니다. 시시각각으로 흩어지고, 잦아들고, 소멸하는 넘치는 기쁨 속에.

내가 나 자신을 소중히 여겨 사방으로 향하게 해서는 당신의 눈부신 빛 위에 색색의 그림자를 투영하는 것, 그것이 당신이 만드는 환영의 세계입니다.

당신은 자신의 존재 안에 벽을 나누고, 나누어진 자신을 수천수만의 곡조로 노래합니다. 그렇게 해서 당신의 분신 중 하나가 내 안에서 모습을 드러냈습니다.

가슴을 저미는 노래가 내 안에서 수많은 색깔의 눈물과 미소, 불안과 희망이 되어 온 하늘에 울려퍼집니다. 파도가 높이 일었다 다시 가라앉고, 꿈은 깨어졌다가 다시 형태를 갖춥니다. 내 안에서 당신은 스스로를 이겨 냅니다.

당신이 세워 놓은 이 화폭에는 밤과 낮의 붓으로 무수한 형상이 그려집니다. 그 화폭 뒤에는 삭막한 직선들은 모두 제거한, 경이로운 곡선의 신비로 짜여진 당신의 자리가 있습니다.

당신과 내가 연출하는 변화무쌍한 야외극이 하늘 가득 펼쳐져 있습니다. 당신과 나의 음악으로 대기 전체가 진동하고, 당신과 내가 숨바꼭질하는 가운데 모든 세기가 지나갑니다.

72

나의 가장 내밀한 곳에 머무는 이, 깊고 은밀한 손길로 내 존재를 일깨우는 이

이 두 눈에 마법을 걸고, 환희와 고통의 다채로운 선율로 내 마음의 현을 즐겁게 연주하는 이

금색과 은색, 파란색과 초록색의 일시적인 색조들로 환영의 천을 짜는 이, 그 천의 주름 사이로 자신의 발을 언뜻 내보이는 이, 그 발에 닿으면 내가 나를 잊게 되는 이

날들은 왔다가 가고 세월은 흘러가는데, 수많은 이름과 수많은 변장으로, 천 가지 기쁨과 천 가지 슬픔의 황홀경으로 언제나 내 마음을 감동시키는 이.

73

나에게 구원은 세상을 포기하는 일 속에 있지 않습니다. 천 가지 환희의 속박 속에서 나는 자유가 나를 껴안는 것을 느낍니다.

당신은 언제나 나를 위해 다채로운 색과 향을 지닌 당신의 신선한 포도주를 부어 줍니다. 이 질그릇 잔이 넘치도록.

나의 세계는 당신의 불꽃으로 수백 개의 서로 다른 등불을 밝힐 것입니다. 그리고 그것들을 당신 사원의 제단에 바칠 것입니다.

아니, 나는 결코 감각의 문을 닫지 않을 것입니다. 보고, 듣고, 만지는 기쁨이 당신의 기쁨을 전해 줄 것이기에.

그렇습니다, 나의 모든 환영이 기쁨의 빛으로 타오를 것입니다. 나의 모든 욕망이 사랑의 열매로 익어 갈 것입니다.

74

날이 저물어 대지 위에 그림자가 드리워집니다. 강으로 가서 물을 길어 올 시간입니다.

저녁 공기가 강물의 슬픈 운율에 젖고 있습니다. 그 음악이 나를 어스름 속으로 불러냅니다. 외로운 오솔길에는 지나는 사람 하나 없고, 바람 높아져 강에는 잔물결 일렁입니다.

다시 집으로 돌아가게 될지 나는 알지 못합니다. 누구를 우연히 만나게 될지도 알지 못합니다. 나루터의 작은 배에서 누군가 낯모르는 이가 현악기를 연주하고 있습니다.

75

죽음을 피할 수 없는 운명인 우리에게 당신이 주는 선물은 우리의 모든 필요를 채워 주면서도, 전혀 줄어듦 없이 당신에게로 돌아갑니다.

강은 날마다 해야 하는 일이 있기에 들판과 마을을 바쁘게 지나갑니다. 하지만 그 쉬지 않고 흐르는 강물이 마지막으로 해야 할 일은 당신의 발을 씻는 일입니다.

꽃은 향기로 대기를 달콤하게 합니다. 하지만 꽃이 마지막으로 섬기는 일은 당신에게 스스로를 바치는 일.

당신에게 예배를 드리는 한, 세상은 가난해지지 않습니다.

시인의 말에서 사람들은 마음에 드는 의미를 찾습니다. 하지만 그 최후의 의미가 가리키는 것은 바로 당신입니다.

76

내 생명의 주인이여, 날마다 당신 앞에 서서 당신의 얼굴과 마주해도 될까요? 온 세계의 주인이여, 두 손을 모으고 당신 앞에 서서 당신의 얼굴과 마주해도 될까요?

당신의 거대한 하늘 아래, 홀로 조용히 겸손한 마음으로 당신 앞에 서서 당신의 얼굴과 마주해도 될까요?

이 험난한 세상에서, 노동과 갈등으로 소란스러운 이곳 분주한 군중 속에서도 당신 앞에 서서 당신의 얼굴과 마주해도 될까요?

그리고 이 세상에서의 나의 일이 끝났을 때, 왕 중의 왕이여, 나 홀로 말없이 당신 앞에 서서 당신의 얼굴과 마주해도 될까요?

77

당신이 나의 신이라는 것을 알고 나는 거리를 둡니다. 당신이 나의 신이라는 것을 알지 못하고 가까이 다가가기도 합니다. 당신이 나의 아버지임을 알고 나는 당신의 발아래 절합니다. 친구의 손을 잡듯 당신의 손을 잡지는 않습니다.

나는 서 있지 않습니다. 당신이 내려와, 자신이 나의 것이라고 말해 주는 장소에는. 당신을 내 가슴에 품고 친구로 맞이하는 장소에는.

당신은 나의 형제들 중 형제입니다. 하지만 나는 형제들을 돌보지 않고, 내 소득을 그들과 나누지도 않습니다. 나의 모든 것을 오직 당신과만 나누려고 할 뿐입니다.

즐거울 때도 괴로울 때도 나는 사람들 곁에 서 있으려 하지 않고 당신 곁에 서 있습니다. 나는 내 생명을 버리는 것을 주저합니다. 그래서 큰 생명의 물결에 뛰어들지 못합니다.

78

우주가 이제 막 창조되어 모든 별들이 처음으로 찬란한 빛을 발하기 시작했을 때, 신들이 하늘에 모여 노래를 불렀습니다. '오, 완벽한 모습이여! 순수한 기쁨이여!'

하지만 그때 한 신이 문득 외쳤습니다. '빛의 고리 어딘가에 끊어진 곳이 있다. 별 하나가 사라졌다.'

신들이 연주하던 현악기의 황금 현이 끊어지고 노래가 중단되었습니다. 신들은 실망해서 소리쳤습니다. '그렇다, 그 사라진 별은 최고의 별이었다. 그 별은 온 하늘의 영광이었다!'

그날부터 그 별을 찾는 일이 끊임없이 이어져 오고 있습니다. 그리고 그 별을 잃었기 때문에 세상이 기쁨 하나를 잃었다는 불만의 목소리가 계속해서 퍼져 나가고 있습니다.

밤의 가장 깊은 고요 속에서만 별들은 미소를 나누며 서로에게 속삭입니다. '그렇게 찾아다녀야 헛된 일이지! 모든 것은 흠 없는 완벽 그 자체인 것을!'

79

당신을 만나는 것이 이 생에서 나에게 주어진 운명이 아니라면, 내가 당신의 모습을 볼 수 없어서 외롭다는 것을 언제나 느끼게 하소서. 한순간도 잊지 않게 하소서. 이 슬픔의 고뇌를 꿈속에서나 깨어 있을 때나 지니고 다니게 하소서.

나의 날들이 이 세상의 혼잡한 시장 속을 지나가고, 내 두 손이 나날의 이익으로 채워져 갈 때, 내가 실제로는 아무것도 얻지 못했음을 느끼게 하소서. 한순간도 잊지 않게 하소서. 이 슬픔의 고뇌를 꿈속에서나 깨어 있을 때나 지니고 다니게 하소서.

내가 지치고 숨이 차서 길가에 앉아 있을 때, 흙먼지 속 낮은 곳에 잠자리를 펼 때, 내 앞에는 아직 긴 여정이 남아 있음을 언제나 느끼게 하소서. 한순간도 잊지 않게 하소서. 이 슬픔의 고뇌를 꿈속에서나 깨어 있을 때나 지니고 다니게 하소서.

나의 방들이 화려하게 장식되고 피리가 연주되고 웃음소리 드높을 때, 내가 당신을 내 집에 초대하지 않았음을 언제나 느끼게 하소서. 한순간도 잊지 않게 하소서. 이 슬픔의 고뇌를 꿈속에서나 깨어 있을 때나 지니고 다니게 하소서.

80

나는 덧없이 가을 하늘을 떠도는 한 조각 구름과도 같습니다. 언제나 빛나는 나의 태양이여! 당신의 손길이 아직 나의 수증기를 녹이지 못했기 때문에 나는 당신의 빛과 하나 되지 못했습니다. 그래서 이렇게 당신과 분리된 채 달과 해를 헤아리고 있습니다.

만약 이것이 당신이 원하는 것이라면, 만약 이것이 당신의 놀이라면, 나의 이 흘러가는 허무를 붙잡아 그 위에 색을 칠하고 금박을 입히소서. 그리고 변덕스러운 바람에 띄워 온갖 놀라운 모습들로 펼쳐지게 하소서.

그리고 밤이 되어 이 놀이를 끝내는 것이 당신이 원하는 것이라면, 나는 점점 엷어져서 어둠 속으로 사라질 것입니다. 아니면 새벽의 하얀 미소나 투명하고 순결한 차가움 속에 남아 있을지도 모릅니다.

81

헛되이 지나 보낸 많은 날들을 생각하며, 나는 잃어버린 시간들을 슬퍼했습니다. 하지만 나의 님이여, 그것들은 결코 잃어버린 것이 아닙니다. 당신이 내 생의 모든 순간순간을 당신의 손으로 잡아 주기 때문입니다.

모든 사물의 깊고 내밀한 곳에 숨어서 당신은 씨앗을 싹 트게 하고, 봉오리는 꽃을 피우게 하고, 꽃은 풍성한 열매를 맺게 합니다.

피곤에 지친 나는 나른한 잠에 들면서 모든 일이 정지되었다고 생각했습니다. 그러나 아침이 되어 눈을 떴을 때, 나는 내 정원이 꽃들의 기적으로 가득한 것을 보았습니다.

82

나의 님이여, 당신의 손안에 있는 시간은 무한합니다. 당신의 분초를 헤아릴 수 있는 자는 아무도 없습니다.

낮과 밤이 지나가고, 무수한 세월이 꽃처럼 피었다 집니다. 당신은 기다리는 법을 압니다.

한 송이 작은 들꽃을 완성하기 위해 당신은 수 세기를 보내고 또 보냅니다.

우리에게는 낭비할 시간이 없습니다. 시간이 없기 때문에 우리는 기회를 잡으려고 앞다툽니다. 너무 가난해서 지체할 수가 없습니다.

그리하여 시간을 자기 것이라 주장하는 모든 불평꾼에게 양보하는 사이에 나의 시간은 흘러갑니다. 그리하여 끝내 당신의 제단에 나는 무엇 하나 올리지 못합니다.

하루가 저물 무렵, 당신의 문이 닫힐까 두려워 나는 걸음을 서두릅니다. 하지만 이내 깨닫습니다. 아직 시간이 남아 있음을.

83

어머니, 내 슬픔의 눈물로 진주 목걸이를 엮어 당신의 목에 걸어 드리겠습니다.

별들은 빛의 발찌를 만들어 당신의 발을 장식하지만, 내 것은 당신의 가슴에 드리워질 것입니다.

부와 명예는 당신에게서 옵니다. 그것을 주는 것도 당신, 거둬들이는 것도 당신입니다. 그러나 이 슬픔은 온전히 나만의 것. 내가 이 슬픔을 가져가 당신에게 바치면, 당신은 그 보답으로 자애를 내려 주십니다.

온 세상에 퍼져 끝없는 하늘에 무수한 형상을 낳는 것은 이별의 고통.

온밤 내 말없이 이 별에서 저 별로 응시하다가, 칠월의 비 내리는 어둠 속 술렁이는 나뭇잎 사이에서 시가 되는 것은 이별의 슬픔.

인간의 집집마다에서 사랑과 욕망으로, 고통과 환희로 깊어져 가는 것은 어디에나 있는 이 아픔. 그리고 시인인 나의 가슴속에서 끊임없이 녹아 노래가 되는 것도 이 아픔.

85

전사들이 자신이 모시는 주군의 집에서 처음 나올 때, 그들은 그들의 힘을 어디에 숨겨 놓았었을까요? 그들의 갑옷과 무기는 어디에 있었을까요?

처음에 그들은 가련하고 무기력해 보였습니다. 그리고 그들 위로는 화살의 비가 퍼부었습니다. 그들이 주군의 집에서 처음 나온 날.

다시 주군의 집으로 행군해 돌아갈 때, 전사들은 그들의 힘을 어디에 숨겨 놓을까요?

그들은 검을 내려놓고 활과 화살도 내려놓습니다. 그들의 이마에는 평화가 깃들고, 그들은 그들 삶의 열매들을 뒤에 남겨 놓습니다. 다시 주군의 집으로 행군해 돌아가는 날.

86

당신의 하인인 죽음이 내 문 앞에 왔습니다. 저 미지의 바다를 건너 그는 나의 집으로 당신의 부르심을 전하러 왔습니다.

밤은 어둡고, 내 가슴은 두려움으로 가득합니다. 하지만 나는 등불을 들고 문을 열어, 그에게 절하며 안으로 맞이할 것입니다. 내 문 앞에 서 있는 이는 당신의 전령이므로.

나는 두 손을 모으고 눈물로 그에게 예배할 것입니다. 내 가슴의 보물을 그의 발아래 펼쳐 놓고 그에게 예배할 것입니다.

그는 자신의 임무를 마치고 돌아갈 것입니다. 나의 아침에 어두운 그림자를 남긴 채. 그리하여 적막한 나의 집에는 나의 고독한 자아만이 남을 것입니다. 당신에게 바치는 나의 마지막 예물이 되어.

꧁

절망적인 희망을 안고 나는 내 방의 모든 구석마다에서 그녀*를 찾습니다. 하지만 어디에도 그녀의 모습은 보이지 않습니다.

내 집은 작아서, 이 집에서 한번 사라진 것은 두 번 다시 돌아오지 않습니다.

하지만 나의 님이여, 당신의 저택은 무한히 넓습니다. 그녀를 찾다가 나는 당신의 문 앞까지 왔습니다.

당신의 저녁 하늘이 만든 황금빛 지붕 아래 서서, 나는 간절한 눈을 들어 당신의 얼굴을 바라봅니다.

나는 지금 영원의 가장자리에 와 있습니다. 이곳에서는 어떤 것도 사라지지 않습니다. 희망도, 행복도, 눈물에 젖어 바라보던 얼굴 모습도.

공허한 내 삶을 저 대양 속에 잠기게 하소서. 그 가장 깊은 곳의 충만함 속에 나를 가라앉게 하소서. 떠나 버린 감미로운 손길을 단 한 번만이라도 이 완전한 우주 안에서 느끼게 하소서.

* 아내 므리날리니를 가리킨다. 타고르와 결혼 후 2남 3녀를 낳고 29세의 나이에 세상을 떠났다.

88

폐허가 된 사원의 신이여! 비나*의 끊어진 현은 당신을 찬미하는 곡을 더 이상 연주하지 않습니다. 저녁 종은 당신을 위한 예배 시간을 알리지 않습니다. 당신 주위의 대기는 고요하고 적막합니다.

정처 없이 다니는 봄바람이 당신의 적막한 거처에 찾아옵니다. 봄바람은 꽃의 기별을 전해 줍니다. 더 이상 당신의 예배에 바쳐지지 않는 꽃들을.

오래전부터 당신을 숭배하던 사람은 여전히 받지 못한 은총을 갈망하며 방랑하고 있습니다. 저녁이 찾아와 불꽃과 그림자가 어둠과 뒤섞이는 시간이 되면, 그는 지친 몸으로 허기진 가슴을 안고 황폐한 사원에 돌아옵니다.

폐허가 된 사원의 신이여, 수많은 축제의 날들이 당신에게는 침묵 속에 찾아옵니다. 수많은 예배의 밤들이 등불도 밝히지 않은 채 지나갑니다.

---

* 남인도의 현악기로, 조롱박 모양의 공명기가 연결된 칠현금. 사라스와티 여신이 연주하는 악기이다. 티베트에서는 삐왕, 중국에서는 비파, 일본에서는 비와로 불린다. 23쪽 그림 참고.

뛰어난 솜씨를 지닌 장인들의 손에 의해 수많은 새로운 신상이 만들어지지만, 때가 되면 신성한 망각의 강으로 실려 갑니다.

　오직 폐허가 된 사원의 신만이 예배를 받지 못한 채 죽음도 없는 무관심 속에 언제까지나 내던져져 있습니다.

89

내 입에서 소란스럽고 목소리 큰 말은 이제 그만. 그것이 내 님의 뜻이므로. 이제부터 나는 귓속말로 말하리라. 내 가슴이 하는 말은 노래의 속삭임으로 전달되리라.

사람들은 서둘러 왕의 시장으로 간다. 물건을 사고파는 온갖 종류의 사람들이 그곳에 모여 있다. 그러나 나는 한낮에, 세상의 일들이 가장 바쁘게 돌아갈 때, 때 이른 작별을 한다.

그러므로 비록 철이 아닐지라도, 꽃들이여, 내 정원에 만발하라. 한낮의 벌들이여, 나른한 노래를 시작하라.

너무 많은 시간을 나는 선과 악의 싸움 속에 허비했다. 하지만 지금은 한가한 날들의 놀이 친구가 내 마음을 자신에게 끌어당기며 즐거워한다. 나는 알지 못한다. 이토록 갑자기 쓸모없고 엉뚱한 세계로 불려 나온 이유를.

90
⚘

죽음이 그대의 문을 두드리는 날, 그대는 무엇을 바칠 것
인가?

나는 나의 손님 앞에 내 삶이 가득 담긴 그릇을 내놓으리.
결코 빈손으로 그를 돌아가게 하지는 않으리.

내 모든 가을 낮과 여름밤 동안 발효된 감미로운 포도주
를, 내 분주한 생 동안 얻은 모든 수확과 이삭들을 그의 앞
에 놓으리라. 나의 날들이 다해, 죽음이 내 문을 두드리는 날.

91

마지막으로 삶을 완성하는 그대 죽음이여, 나의 죽음이여, 나에게 다가와 속삭여 다오!

날마다 나는 그대가 오는지 지켜봐 왔다. 그대를 기다리며 생의 기쁨과 고통을 견뎌 왔다.

나의 모든 존재, 내가 소유한 모든 것, 내 모든 희망, 내 모든 사랑은 언제나 그대를 향해 깊고 은밀하게 흘러왔다. 그대의 눈이 던지는 마지막 눈짓 하나에 내 생명은 영원히 그대의 것.

꽃들이 엮어지고, 신랑을 위한 화환이 준비되었다. 혼례가 끝나면 신부는 그녀의 집을 떠나 홀로 그녀의 님을 만나리라. 밤의 고독 속에서.

92

나는 압니다. 언젠가는 이 대지를 보는 나의 시야를 잃을 날이 오리라는 것을. 생명이 침묵 속에 작별을 고하며 내 눈 위에 최후의 장막을 드리우리라는 것을.

하지만 별들은 여전히 밤을 지킬 것이고, 아침은 변함없이 밝을 것이며, 시간은 바다의 파도처럼 굽이치며 기쁨과 고통을 해안에 밀어 올릴 것입니다.

나의 이러한 마지막 순간을 생각하면 시간의 장벽이 모두 무너집니다. 그리고 죽음의 빛에 의지해 나는 봅니다. 소박한 보물들로 가득한 당신의 세계를. 그곳에서는 가장 낮은 자리도 소중하고, 가장 미천한 삶도 귀합니다.

내가 헛되이 갈망했던 것들과 내가 이미 손에 넣은 것들, 그것들을 모두 내려놓게 하소서. 그리고 내가 일찍이 거부하고 무시했던 것들을 진실로 소유하게 하소서.

93

이제 나는 떠나야 한다. 내게 작별을 고해 다오, 형제들이여! 그대들 모두에게 절하고 나는 이제 길을 떠난다.

여기 내 문의 열쇠들을 돌려준다. 나는 내 집에 대한 모든 권리를 포기한다. 다만 그대들에게서 마지막 다정한 말을 듣기 원할 뿐.

우리는 오랫동안 이웃이었지만, 나는 내가 줄 수 있었던 것보다 더 많은 것을 받았다. 이제 날이 밝아 내 어두운 구석을 밝히던 등불도 꺼졌다. 부르심이 왔고, 나는 여행 떠날 준비를 마쳤다.

94

이제 작별의 시간이 되었으니, 행운을 빌어 다오, 벗들이여! 하늘은 새벽빛으로 붉게 물들고, 내 앞에 놓인 길은 아름다워라.

무엇을 가지고 그곳으로 가는지 묻지 말라. 나는 빈손이지만 기대에 부푼 마음으로 여행을 시작할 것이니.

나는 결혼식 꽃목걸이를 두르고 가리라. 내가 입을 옷은 여행자의 적갈색 옷이 아니다. 또 도중에 위험이 기다린다 해도 내 마음에 두려움은 없다.

내 여행이 끝날 무렵이면 저녁 별이 뜨리라. 그리고 황혼녘의 구슬픈 선율이 왕의 문에서 울려 퍼지리라.

95

생명의 문지방을 넘어 이 세상에 온 첫 순간을 나는 기억하지 못합니다.

그 힘은 무엇이었을까요? 한밤의 숲에서 꽃봉오리 하나 열리듯 이 광대한 신비 속으로 나를 나오게 한 힘은.

아침의 빛을 올려다보는 순간 나는 느꼈습니다. 내가 이 세계의 이방인이 아님을. 이름도 형상도 없는 불가해한 힘이 내 어머니의 형상으로 나를 그 팔에 안고 있음을.

마찬가지로 죽음에 이르러서도 똑같은 미지의 힘이 나타날 것입니다. 내가 일찍이 알았던 그 모습으로. 그리고 나는 압니다. 이 삶을 사랑하므로 죽음 또한 사랑하리라는 것을.

어머니가 오른쪽 젖가슴에서 떼어 내면 아기는 울음을 터뜨리지만, 다음 순간 왼쪽 젖가슴에서 위안을 찾아냅니다.

96

나 이곳을 떠날 때, 이것이 나의 작별의 말이 되게 하소서. 내가 본 세상은 너무나 아름다웠다고.

빛의 바다에 드넓게 핀 연꽃 속 숨겨진 꿀을 맛보았으니 나는 축복받은 자입니다. 이것이 나의 작별의 말이 되게 하소서.

무수한 형상들로 가득한 이 놀이터에서 나는 나의 놀이를 펼쳤습니다. 그리고 바로 이곳에서 나는 형상 없는 이의 모습을 언뜻 볼 수 있었습니다.

가닿을 길 없는 그의 손길이 닿았을 때 내 온몸과 팔다리는 전율했습니다. 만약 마지막이 이렇게 온다면, 오게 해도 좋습니다. 이것이 나의 작별의 말이 되게 하소서.

당신과 함께 놀이를 할 때 나는 당신이 누구인지 한 번도 묻지 않았습니다. 나는 부끄러움도 두려움도 알지 못했으며, 내 삶은 활기에 넘쳤습니다.

이른 아침이면 당신은 내 벗인 양 나를 불러 잠에서 깨우곤 했습니다. 그리고 숲 속 빈터에서 또 다른 빈터로 달리도록 나를 이끌었습니다.

그 날들 동안 나는 당신이 나에게 들려주는 노래들의 의미를 알려고 하지 않았습니다. 다만 내 목소리에 그 곡조를 담고, 내 가슴이 그 운율에 맞춰 춤추었을 뿐.

놀이 시간이 끝난 지금, 홀연히 내 앞에 펼쳐지는 이 광경은 무엇인가요? 세계가 당신의 발아래 눈을 내리깔고 정지해 있습니다. 모든 침묵하는 별들과 함께 경외감에 젖어.

98

나는 당신을 기념품들로 장식할 것입니다. 내 패배의 꽃목걸이로. 당신에게 정복당하지 않고 달아나는 것은 내가 결코 할 수 없는 일입니다.

나는 분명히 압니다. 내 자만이 벽에 부딪치리라는 것을. 내 생명은 감당할 수 없는 고통 속에서 그 끈을 끊어 버리리라는 것을. 내 텅 빈 가슴은 속이 빈 갈대처럼 음악 속에 흐느껴 울고, 돌도 눈물에 녹아 버리리라는 것을.

나는 분명히 압니다. 연꽃은 수백 개의 꽃잎을 언제까지나 닫고 있지 않으리라는 것을. 꿀을 간직한 비밀의 장소도 언젠가는 다 드러나리라는 것을.

푸른 하늘에서 나를 응시하던 눈 하나가 침묵 속에 나를 소환할 것입니다. 아무것도 나에게 남지 않을 것입니다. 정말 아무것도. 그리하여 나는 당신의 발아래서 완전한 죽음을 받아들일 것입니다.

99

내가 배의 방향키를 손에서 놓을 때 나는 압니다. 당신이 방향키를 잡을 시간이 왔다는 것을. 이루어져야 할 일들은 즉시 이루어질 것입니다. 저항은 헛된 일입니다.

그렇다면 내 마음이여, 너의 손을 거두고 침묵 속에 너의 패배를 받아들이라. 그리고 너에게 주어진 자리에 온전히 고요하게 앉아 있는 것을 행운이라 여기라.

나의 이 등불들은 한 줄기 작은 바람에도 꺼져 버립니다. 그것들에 불을 붙이려 애쓰느라 나는 다른 모든 일을 잊고 또 잊습니다.

그러나 이번에는 어리석게 굴지 않을 것입니다. 바닥에 나의 자리를 펴고 어둠 속에서 기다릴 것입니다. 나의 님이여, 언제든 원하실 때 소리 없이 오셔서, 여기 당신의 자리에 앉으십시오.

100

나는 무수한 형상들의 바다 깊은 곳으로 뛰어듭니다. 형상 없는 완벽한 진주를 얻기 위해.

비바람에 지친 나의 이 배로는 더 이상 항구에서 항구로 항해하지 않겠습니다. 파도에 춤추며 즐거워하던 날들은 이미 오래전에 지나갔습니다.

이제 나는 기꺼이 죽음을 갈망합니다. 더 이상 죽음 없는 존재가 되기 위해.

현이 울리지도 않는데 음악이 울려퍼지는 곳, 깊이를 알 수 없는 심연 속 음악당으로 내 생명의 현악기를 가지고 가겠습니다.

이제 영원의 곡조에 맞춰 내 악기를 조율하겠습니다. 그리하여 그것이 흐느끼며 최후의 곡을 연주하고 나면, 내 침묵하는 악기를 침묵하는 이의 발아래 내려놓겠습니다.

101

전 생애 동안 나는 나의 노래로 당신을 찾아 헤맸습니다. 이 문에서 저 문으로 나를 인도한 것은 나의 노래였습니다. 나의 노래로 주위 세상을 느끼고, 나의 세계를 더듬어 찾았습니다.

지금까지 내가 배운 모든 것을 가르쳐 준 것은 나의 노래였습니다. 노래는 나에게 비밀의 길들을 열어 보였고, 내 가슴의 지평선 위에 뜬 수많은 별들을 내 눈앞으로 데려온 것도 노래였습니다.

나의 노래는 긴긴 날을 기쁨과 고통의 신비한 나라로 나를 안내했습니다. 마침내 내 여정이 끝나고 저녁이 찾아왔을 때, 나의 노래는 어느 왕궁의 문 앞으로 나를 데려갈까요?

102

당신을 알고 있다고 나는 사람들에게 자랑했습니다. 사람들은 나의 모든 작품에서 당신의 모습을 봅니다. 그들은 나에게 와서 묻습니다. '그는 누구인가?' 그들의 물음에 어떻게 답해야 할지 나는 알지 못합니다. 나는 말합니다. '참으로 나는 그가 누구인지 모릅니다.' 사람들은 나를 비난하며 비웃음 속에 떠나갑니다. 그리고 당신은 미소 지으며 그곳에 앉아 있습니다.

나는 당신에 대한 나의 이야기를 끝없이 계속되는 노래에 담습니다. 그 비밀이 내 가슴으로부터 흘러나옵니다. 사람들이 나에게 와서 묻습니다. '당신이 부르는 이 모든 노래의 의미를 말해 달라.' 나는 그들의 물음에 어떻게 답해야 할지 알지 못합니다. 나는 말합니다. '아, 누가 이 노래들의 의미를 알 수 있을까요!' 사람들은 나를 경멸하며 비웃음 속에 떠나갑니다. 그리고 당신은 미소 지으며 그곳에 앉아 있습니다.

103

나의 신이여, 나의 온 감각을 펼쳐 당신 발아래 있는 이 세계에 가닿게 하소서. 당신에게 온 마음으로 바치는 기도 속에서.

칠월의 비구름이 금방이라도 쏟아질 것 같은 비의 무게로 낮게 드리워져 있듯이, 내 마음 전부를 당신의 문 앞에 엎드리게 하소서. 당신에게 온 마음으로 바치는 기도 속에서.

내 모든 노래의 다양한 선율이 하나의 흐름으로 모여 침묵의 바다로 흘러들게 하소서. 당신에게 온 마음으로 바치는 하나의 기도 속에서.

떠나온 곳이 그리워 한 무리의 두루미가 밤낮으로 날아 산속 둥지로 돌아가듯이, 나의 전 생애가 영원한 집으로 항해하게 하소서. 당신에게 온 마음으로 바치는 하나의 기도 속에서.

예이츠의 서문

1

며칠 전 나는 벵골 출신의 어느 유명한 의사에게 말했다.

"나는 독일어를 모르지만, 만약 어느 독일 시인의 번역된 시에서 감동을 받았다면, 나는 대영박물관으로 가서 그 시인의 생애와 사상의 내력에 관해 무엇인가를 말해 줄 영어로 된 서적들을 찾아볼 것입니다. 하지만 라빈드라나트 타고르의 이 산문시 번역본이 지난 몇 해 동안의 그 어떤 것보다도 내 영혼을 자극하였음에도 불구하고, 만약 인도에서 온 여행자가 내게 말해 주지 않는다면 나는 그의 삶에 대해 아무것도 모를 것이고 그 시들을 가능케 한 사상적 흐름에 대해서도 전혀 알 수 없을 것입니다."

그러자 그 의사는 나의 감동이 당연하다는 듯 말했다.

"나는 라빈드라나트의 시를 날마다 읽습니다. 그의 시를 한 줄 읽으면 세상의 온갖 괴로움을 잊게 됩니다."

내가 말했다.

"리처드 2세(1367~1400) 치하의 런던에 살던 한 영국인이 페트라르카(1304~1374. 이탈리아의 계관시인)나 단테(1265~1321. 장편서사시 『신곡』을 발표해 르네상스 문학의 지평을 연 이탈리아 시인)의 번역 작품을 읽는다 해도 자신의 의문에 답해 줄 책을 찾지 못해 지금 내가 당신에게 묻듯이 그도 피렌체에서 온 은행가나 롬바르드(6세기에 이탈리아를 정복한 게르만계의 한 갈래) 상인에게 묻지 않을 수 없었겠지요. 다만 내가 조금이나마 확신할 수 있는 건 이 시편들이 이토록 풍요롭고 단순한 것을 보니 당신네 나라에 새로운 르네상스가 시작된 것 같다는 것입니다. 그런데 풍문으로 전해 듣는 길 외에는 그것에 대해 전혀 확인할 길이 없습니다."

그는 대답했다.

"인도에는 많은 시인들이 있지만, 그에게 필적할 만한 사람은 아무도 없습니다. 그래서 우리는 이 시대를 라빈드라나트의 시대라고 부릅니다. 유럽에서 그 정도로 유명한 시인은 없을 듯합니다. 그는 시뿐만 아니라 음악 분야에서도 위대성을 발휘해, 그가 만든 노래들은 인도 서부에서 미얀마에 이르기까지 벵골 어가 사용되는 곳이면 어디서든 불리고 있습니다. 최초의 소설을 쓴 열아홉 살에 그는 이미 유명해졌습니다. 그리고 그 직후 거의 같은 시기에 쓴 희곡들이 아직도 콜카타에서 꾸준히 공연되고 있습니다. 나는 그의 삶의 완전함에 대해 무한한 찬사를 보냅니다. 그는 어렸을 때부터 자연 속 사물들을 소재로 많은 글을 쓰면서 온종일 정원에 앉아 있곤 했습니다. 그리고 스물다섯 살 무렵부터 서른다섯 살 전후까지 크나큰 슬픔들을 겪었는데, 이 시기에 우리말로 된 가장 아름다운 사랑의 시들을 썼습니다."

그 벵골인 의사는 깊은 감동에 젖어서 말을 이었다.

"내 나이 열일곱 살 때 그의 사랑 시들을 읽고 내가 얼마나 많은 영향을 받았는지 말로 다할 수 없습니다. 그 후 그의 예술은 더욱 깊어지고, 종교성을 띠고, 철학적이 되어 갔습니다. 인류의 모든 영감이 그의 찬가에 담겨 있습니다. 그는 우리 인도의 성자들 중에서 삶을 거부하지 않고 삶 자체에서 우러나온 말을 한 최초의 사람입니다. 우리가 그를 사랑하는 이유가 바로 그것입니다."

그가 잘 선택해서 쓴 단어들이 내 기억 속에서 조금 바뀌었을 순 있으나 그가 한 말의 의미만은 정확하다.

"얼마 전 그가 어느 교회에서—브라흐마 사마즈(1828년에 시작된 힌두교 개혁 단체. 요가와 명상을 통해 신과 하나 되는 것이 영적 구원에 이르는 길이라 역설했다)인 우리는 당신네 영어 단어인 '교회'를 그대로 씁니다—예배를 이끌기로 되어 있었는데, 콜카타에서 가장 큰 교회인데도 군중으로 꽉 차서 사람들이 창틀 위에 올라섰을 뿐만 아니라 거리에도 운집해 통행이 불가능할 정도였습니다."

그 밖에 다른 인도인들도 나를 찾아왔는데, 타고르라는 이 사람을 향한 그들의 존경심이 우리 유럽인들에게는 기이하게 들렸다. 우리는 위대한 것이든 하찮은 것이든 관계없이 명백한 조롱이나 조금 진지한 경멸의 베일을 똑같이 씌운다. 대성당들을 지을 때 우리는 우리의 뛰어난 인물들에 대해 그만큼의 존경심을 가진 적이 있었던가?

한 인도인은 내게 말했다.

"매일 새벽 세 시가 되면─나는 압니다, 내 눈으로 직접 보았으니까요─그는 명상에 잠겨 움직이지 않습니다. 그렇게 두 시간 동안 신의 본질에 관한 묵상에서 깨어나지 않습니다. 그의 아버지 마하리시('위대한 성자'라는 뜻으로, 영적 지도자를 가리킨다)는 다음 날까지 그런 식으로 앉아 있을 때도 있습니다. 한번은 강 위에서 풍경의 아름다움에 도취되어 깊은 명상에 잠기는 바람에 뱃사공들이 8시간이나 기다렸다가 다시 여정을 계속한 적도 있습니다."

그런 다음 그 인도인은 나에게 타고르 가문에 대해, 그리고 수 세대에 걸쳐 얼마나 위대한 인물들이 그 가문의 요람에서 배출되었는지에 대해 이야기해 주었다. 그는 말했다.

"오늘날에도 그 가문에는 고고넨드라나트와 아바닌드라나트 타고르, 두 명의 화가가 있습니다. 그리고 라빈드라나트의 형 드위젠드라나트는 위대한 철학자입니다. 다람쥐들이 나뭇

가지에서 내려와 그의 무릎에 올라가고 새들이 그의 손에 날아와 앉기도 합니다."

이 사람들의 사상 속에는 마치 니체의 교리를 신봉하듯 눈에 보이는 아름다움과 의미에 대한 감각이 있었다. 니체의 교리는 물리적 사물들에 그다지 깊은 인상을 남기지 못하는 윤리적 아름다움이나 지적 아름다움을 믿어서는 안 된다는 것이다.

나는 말했다.

"동양에서는 대대로 가문을 빛내는 길을 알고 있지요. 얼마 전 한 박물관 관리인이 중국 인쇄물을 정리하고 있는 약간 검은 피부의 키 작은 사람을 가리키며 '저 사람은 대대로 가업을 이어 일본 왕실에서 일하고 있는 미술 감정가인데, 14대째 저 직책을 맡고 있습니다'라고 말하더군요."

그가 말했다.

"라빈드라나트가 어렸을 때 그의 집 안은 온통 문학과 음악으로 가득했답니다."

나는 그의 시 속에 담긴 풍요로움과 단순함을 생각하며 말했다.

"당신네 나라에는 선동적인 글이나 비평이 많이 있나요? 우리 영국에는 그런 글들이 너무 많아서 사람들의 정신이 차츰 창조성을 잃어 가고 있지만, 우리가 그 점에 대해 할 수 있는 일이 아무것도 없습니다. 만약 우리의 삶이 그것들에 맞서 끊임없이 싸우지 않는다면, 우리는 무엇이 아름다운 것인지 식별하지도 못하고 알지도 못할 것이며, 청중과 독자를 발견할 수도 없을 것입니다. 우리가 가진 에너지의 5분의 4는 내 마음속, 또는 다른 사람들의 정신 속에 있는 악취미와 다투느라 소모되고 있지요."

그가 대답했다.

"이해합니다. 우리에게도 선동적인 글들이 있습니다. 마을마다에서 낭송가들은 중기의 산스크리트 경전에서 가져온 길고 신화적인 시들을 낭송하곤 하는데, 그들은 종종 사람들에게 자신의 의무를 다해야 한다고 훈계하는 구절들을 끼워 넣곤 합니다."

2

나는 이 번역 원고를 여러 날 동안 가지고 다니며 기차 안에서도 읽고, 이층 버스의 위쪽 자리에서도 읽었으며, 식당에서도 읽었다. 또 내가 얼마나 감동하고 있는지 낯선 사람이 눈치 챌까 봐 두려워 가끔 그 원고를 덮어 놓아야 했다. 이 서정시들은 내 생애를 통틀어 오랫동안 꿈꾸었던 세계를 그 시상 안에 펼쳐 보이고 있다. 내가 아는 인도인들의 말에 따르면, 이 시의 원문은 다른 언어로는 번역이 불가능한 오묘한 리듬과 섬세한 빛깔, 그리고 창조적인 운율로 넘친다고 한다. 이 시들은 최상의 문학적 산물이면서 또한 들풀이나 골풀이 그렇듯 평범한 흙에서 자란 것처럼 읽힌다. 시와 종교 사이에 구분이 존재하지 않는 전통이 수 세기 동안 이어져 오면서, 세련되거나 다소 투박한 은유와 정서들이 하나로 모였으며, 이것은 다시 지식층과 성자들의 사상을 일반 대중에게 전해 주는 역할을 했다. 만약 이 벵골 문명이 깨어지지 않고 지속된다면, 그리고 만약 하나의 신성처럼 모두를 꿰뚫고 있는 그 하나된 공통된 마음이 지금 우리의 마음처럼 여러 조각들로 갈라지지 않는다면, 이 시 속에 담긴 가장 섬세한 부분들까지 몇 세대 안에 모든 사람들에게 도달될 것이다. 길거리의 걸인들에게까지.

영국에서도 오로지 하나의 정신만이 존재했던 시절, 제프리 초서(1343~1400. '영시의 아버지'로 불리는 중세 영국 최고의 시인)가 『트로일로스와 크리세이드』(트로이 전쟁을 소재로 한 장편시. 트로이의 왕자 트로일로스와 크리세이드라는 여인의 사랑과 배신을 다룬 내용)를 썼다. 그는 사람들에게 읽힐 수 있는 시, 혹은 낭독할 수 있는 시를 썼다고 생각했지만, 지금의 우리 시대가 너무 빨리 오는 바람에 그의 시는 잠시 동안만 음유시인들에 의해 읊어졌을 뿐이다.

라빈드라나트 타고르는 초서와 같은 선구자들과 마찬가지로 시에 음악을 불어넣는다. 그는 전혀 낯설거나 부자연스럽거나 무엇인가를 반박하는 방식으로 글을 쓰지 않기 때문에,

독자는 그가 매우 풍요로운 시인이며 자연스럽고 과감하게 자신의 열정을 표현하고 있음을 알아차린다.

이런 시들은 숙녀들의 탁자 위에 놓이는 예쁜 소책자들 속에는 실리지 않을 것이다. 그 숙녀들은 무의미한 인생에 대해 탄식하기 위해 게으른 손으로 시집의 책장을 넘긴다. 물론 아쉽게도 '무의미함'이 그들이 삶에 대해 알 수 있는 전부이겠지만. 또한 이 시들은 대학생들이 학창 시절에 들고 다니다가 사회생활을 시작하면서 옆으로 밀쳐놓을 그런 것이 아니다. 오히려 세대가 거듭될수록 여행자는 길 위에서, 배를 젓는 사람은 강 위에서 이 시들을 노래처럼 읊게 될 것이다. 사랑하는 연인들은 서로를 기다리는 동안 이 시들을 입속으로 중얼거린다. 그리고 신에 대한 이 사랑의 시편들이 자신들의 쓰디쓴 열정을 담아 젊음을 회복할 수 있는 마법의 해변임을 발견할 것이다. 매 순간마다 이 시인의 마음은 위축되거나 머뭇거림 없이 독자들을 향해 넘쳐 흐른다. 그들이 이해해 주리라는 것을 알고 있었고, 그들 각자의 다양한 삶으로 자신을 채웠기 때문이다.

흙먼지가 눈에 띄지 않도록 적갈색 옷을 입은 여행자, 고귀한 연인의 화환에서 떨어진 꽃잎 몇 장을 침상 위에서 찾고 있는 처녀, 텅 빈 집에서 주인이 돌아오기를 기다리는 하인이나 신부. 이들은 신에게로 향하는 마음의 이미지들이다. 꽃과 강, 소라 나팔 소리, 인도의 칠월 장마, 혹은 타는 듯한 더위,

이 모든 것은 합일 혹은 분리 상태에 있는 마음의 감정을 나타내는 이미지들이다. 중국 그림에 등장하는 신비로움으로 가득 찬 인물들처럼 강에 배를 띄우고 현악기를 켜며 앉아 있는 이가 바로 신 자신이다. 우리에게는 헤아릴 수 없을 만큼 낯선 하나의 민족 전체, 하나의 문명 전체가 이런 상상력 속에서 자리를 잡아 온 듯하다. 그러나 우리가 감동하는 것은 그 낯설음이 아니라 마치 로제티(1828~1882, 신비적이고 관능적인 시를 쓴 영국의 시인이자 화가. 『청순한 처녀』 『버드나무 숲』 등의 시집이 있다)의 버드나무 숲을 거니는 것처럼 우리 자신의 모습을 그 안에서 만나기 때문이다. 혹은 마치 꿈속에서 듣는 것처럼 어쩌면 문학작품을 통해서는 최초로 우리 자신의 목소리를 듣기 때문일 것이다.

르네상스 이후로 유럽 성인들의 글은 그들의 은유와 사상의 일반적인 구조가 아무리 우리에게 친근할지라도 우리의 관심을 계속해서 끌지는 못했다. 우리는 언젠가 이 세상을 떠나야 한다는 것을 안다. 또한 지친 순간이나 큰 환희의 순간에 스스로 죽음을 선택하는 것에 대해 많은 생각을 해 왔고 그것에 익숙해 있다. 그러나 육신의 외침과 영혼의 외침이 하나가 된 듯한 그 많은 시를 읽고, 그 많은 그림을 감상하고, 그 많은 음악에 귀 기울인 우리가 어떻게 가혹하고 거칠게 이 세상을 저버릴 수 있겠는가? 스위스 호수의 아름다움에 눈길이 머물지 않게 하려고 습관처럼 자신의 눈을 가린 성 베르나르

(1091?~1153, 프랑스 부르고뉴 출신의 철학자이며 신학자. 검소함과 엄격함에 기초를 둔 시토 수도회 소속의 수도사였다)와 우리 사이에 어떤 공통점이 있는가? 묵시록의 격렬한 표현 방식과 우리 사이에 어떤 공통점이 있는가? 어쩌면 우리는 이 시집에서 정중함이 가득 담긴 구절들을 찾고자 할 것이다.

'이제 나는 떠나야 한다. 내게 작별을 고해 다오, 형제들이여! 그대들 모두에게 절하고 나는 이제 길을 떠난다. / 여기 내 문의 열쇠들을 돌려준다. 나는 내 집에 대한 모든 권리를 포기한다. 다만 그대들에게서 마지막 다정한 말을 듣기 원할 뿐. / 우리는 오랫동안 이웃이었지만, 나는 내가 줄 수 있었던 것보다 더 많은 것을 받았다. 이제 날이 밝아 내 어두운 구석을 밝히던 등불도 꺼졌다. 부르심이 왔고, 나는 여행 떠날 준비를 마쳤다.'

그리고 '나는 안다, 이 삶을 사랑하므로 죽음 또한 사랑하리라는 것을'이라는 외침은 토마스 아 켐피스(1380?~1471, 독일의 성직자이며 신비주의자. 성서 다음으로 많이 읽힌 기독교 서적 『그리스도를 본받아』의 저자라고 하나 분명치 않다)나 십자가의 성 요한(1542~1591, 스페인 출신의 신비가이며 시인. 『어둔 밤』 『가르멜의 산길』 『사랑의 산 불꽃』 등의 저자)으로부터 가장 멀리 떨어졌을 때의 우리 자신의 심정이다.

하지만 이 시집이 통찰하고 있는 것은 단지 세상과의 작별에 대한 우리의 생각들뿐만이 아니다. 우리는 우리 자신이 신을 사랑한다는 것을 의식하지 못했다. 아니, 신을 거의 믿지 않았는지도 모른다. 그러나 우리의 삶을 되돌아보면 우리는 숲 속 오솔길을 헤쳐 나오는 중에 환희를 만나면서, 혹은 산속 외로운 곳에서 기쁨을 느끼면서, 또 사랑하는 여인에 대해 헛되이 늘어놓는 신비한 주장 속에서 이 은밀한 감미로움들이 어디에서 비롯되었는지를 알게 된다. '당신은 초대하지 않았는데도 내가 알지 못하는 사이 낯익은 군중의 한 사람처럼 내 마음 안에 들어왔습니다. 그리고 덧없이 흘러가는 내 삶의 수많은 순간들에 영원이라는 각인을' 이것은 결코 수도사들이 거하는 독방과 그들이 스스로에게 가하는 채찍이 보여 주는 신성함이 아니다. 먼지와 햇빛을 그리는 화가의 더 강렬한 감정에 이끌려 올라갈 때 느끼는 신성함이다. 그리하여 우리는 우리의 폭력적인 역사 속에서 매우 이질적으로 보이는 성 프란체스코(1182~1226, 가톨릭교회의 성인. 이탈리아 아시시 출신으로, 청빈 사상을 기본으로 한 프란체스코 수도회를 창립했다)나 윌리엄 블레이크(1757~1827, 영국 낭만주의의 선구적 시인. 『무구의 노래』『경험의 노래』등 신비적 향기가 높은 시들을 썼다)와 똑같이 닮은 목소리를 발견한다.

3

우리는 어떤 일반적인 형식에 익숙해져 있고 자신감을 갖고 있기 때문에 글쓰기를 하나의 즐거움으로 만드는 요소라곤 한 페이지도 없는 긴 책들을 쓰는지도 모른다. 마치 싸움을 하고 돈을 벌고 머릿속을 정치로 가득 채우는 온갖 바보 짓들을 행하듯이. 반면에 타고르는 인도 문명이 그렇듯이 영혼을 발견하고 자신을 그 영혼의 자연스러움에 내맡기는 것에 만족해 왔다. 그는 세상의 유행을 따르는 일을 사랑하고 세속의 일에 더 많은 무게를 두는 사람들의 삶과 자신의 삶을 종종 대조하는 듯하다. 그리고 자신에게 그런 길이 최선이라는 겸허한 자세를 언제나 잃지 않는다. '집으로 돌아가는 사람들이 나를 곁눈질로 보고 웃으면 내 마음은 부끄러움으로 가득 찹니다. 나는 구걸하는 처녀처럼 앉아 옷자락을 끌어당겨 얼굴을 묻습니다. 사람들이 내게 원하는 것이 무엇이냐고 물으면 나는 시선을 떨구고 아무 말도 하지 못합니다.'

또 어느 때는 자신의 삶이 한때 얼마나 다른 모습이었는가를 기억하며 이렇게 말할 것이다. '너무 많은 시간을 나는 선과 악의 싸움 속에 허비했다. 하지만 지금은 한가한 날들의 놀이 친구가 내 마음을 자신에게 끌어당기며 즐거워한다. 나는 알지 못한다. 이토록 갑자기 쓸모없고 엉뚱한 세계로 불려 나온 이유를.'

다른 문학작품에서는 발견할 수 없는 이런 순진성과 단순함 때문에 아이들이 그러하듯이 그는 새들과 나뭇잎들과 매우 친밀해 보인다. 그리고 계절의 변화들을 굉장한 사건으로 바라본다. 마치 그것들과 우리 사이에 관념들이 생겨나기 이전처럼. 때때로 나는 그가 그러한 사상을 벵골 문학이나 종교에서 가져온 것이 아닌가 궁금하기도 하고, 어떤 때는 그의 형의 손에 내려앉곤 했다는 새들에 대한 이야기를 떠올리며 그것이 유전적인 것으로, 수 세기에 걸쳐 성장해 온 하나의 신비일지도 모른다는 생각을 하며 즐거워한다. 특히 그가 아이들에 대해 말하고 있을 때는 그의 이런 특성이 너무도 크게 느껴져서, 그가 사실 성자들에 대해 말하고 있음을 누구도 부인하기 어려울 것이다. '아이들은 모래로 집을 짓고, 빈 조개껍질로 놀이를 합니다. 마른 나뭇잎으로 배를 만들어 웃으면서 넓은 바다에 띄워 보냅니다. 아이들이 세계의 바닷가에서 놀고 있습니다. 아이들은 헤엄칠 줄도 모르고, 그물을 던질 줄도 모릅니다. 진주조개 캐는 어부들은 진주를 찾아 물에 뛰어들고, 상인들은 배를 타고 항해합니다. 그러는 동안 아이들은 조약돌을 모았다가 다시 흩뜨립니다. 아이들은 숨은 보물을 찾지도 않으며, 그물 던지는 법도 알지 못합니다.'

1912년 9월

W. B. 예이츠

타고르의 생애와 문학

"나는 이 번역된 원고를 여러 날 동안 가지고 다니며 기차 안에서도, 이층 버스의 위쪽 자리에서도, 혹은 식당에서도 읽었다. 내가 그 시들로부터 얼마나 큰 감동을 받는가를 다른 사람들이 알아차릴까 두려워 나는 가끔 원고를 덮어야만 했다."

― W. B. 예이츠

한 권의 시집이 무명의 인도 시인에게 노벨 문학상을 안겨 주고 그를 세계적인 시인으로 만들었다. 그의 영문 시집이 런던에서 750부 한정판으로 인쇄된 지 불과 1년 후의 일이었다. 20세기 문학사에 큰 충격을 안겨 준 사건이었다. 노벨상 위원회는 수상 이유를 '대단히 심오할 정도로 섬세하고, 신선하며, 아름답다. 자신의 시적 사유를 완벽한 기술로 표현해 냈다.'라고 발표했다.

동양 최초의 노벨 문학상 수상자인 타고르는 인도 콜카타 출신의 시인이며 소설가, 화가, 극작가, 사상가이다. 중세 페르시아의 잘랄루딘 루미와 인도의 까비르 이후 아시아에서 타고르만큼 널리 칭송되는 시인은 그리 많지 않다. 타고르는 벵골 현대문학을 탄생시킨 시인으로, 벵골 르네상스의 중심에 선 예술가이다. 문어체인 고대 산스크리트어에 의존하던 전통에서 벗어나 구어체 문장을 사용해 시문학에 새 생명을 불어넣었다. 또한 그의 예술적 재능은 문학은 물론 연극, 무용극, 음악, 회화 등 다양한 분야를 넘나들었다.

1912년 타고르가 자신의 시를 직접 영어로 번역해 출간한 『기탄잘리』는 개인주의와 물질주의의 어두운 면을 감지하고 있던 서구 지식인들과 문학 독자들에게 신선한 반향을 불러일으켰다. 그리고 이듬해 타고르는 이 영역 시집으로 노벨 문학상을 받았다.

타고르는 2천 곡이 넘는 노래들의 작사, 작곡자이기도 하다. 그중 영국 식민주의자들이 벵골을 동벵골과 서벵골로 분리했을 때 불렸던 〈인도의 아침Jana Gana Mana〉과 〈나의 황금빛 벵골Amar Sonar Bangla〉은 인도와 방글라데시의 국가가 되었다. 스리랑카의 국가도 그가 지은 노래를 변형한 것이다. 인도의 국부 모한다스 간디에게 '마하트마'(위대한 혼)라는 호칭을 붙여 준 이도 타고르이다.

또한 사상적 실천에 있어서도 큰 업적을 남겼다. 콜카타 인근의 시골 마을 샨티니케탄은 타고르의 아버지 데벤드라나트가 종교적 명상을 하기 위해 마련한 장소였다. 타고르는 그곳에 고대 인도의 숲 명상 센터 방식에 따라 학생들을 교육하는 실험적인 학교를 설립했다. 이는 후에 세계적인 학교로 발전한 비스바 바라티 대학이 되었다. '비스바 바라티'라는 이름은 설립자 타고르가 '인도와 세계의 만남'이라는 뜻으로 지었다.

화가로서도 많은 그림을 남긴 타고르는 자신의 그림 작업을 '마치 열병과 같은 것'이었다고 말하곤 했다. 당시 인도에서 지식인이 그림을 그리는 것은 그다지 긍정적으로 받아들여지지 않았기 때문에, 사람들은 타고르의 그림을 나이 든 시인의 특이한 활동 정도로만 여겼다. 그래서 타고르의 회화 작품들은 모스크바를 포함한 유럽의 주요 도시에서 9회, 보스턴과 뉴욕에서 2회 전시회를 가진 후에야 인도 콜카타에서 전시회를 가질 수 있었다. 정식 미술 교육을 받지 않았음에도 타고르의 회화는 그의 여러 예술 세계에서 독립적인 위치를 갖는다.

영국 여왕이 인도를 자신의 왕관을 장식하기 위한 하나의 보석으로 여기던 시대인 1861년 5월 7일, 라빈드라니트 타고르(벵골어 발음은 '로빈드로나트 타쿠르')는 서벵골주의 주도 콜카타에서 데벤드라나트 타고르와 사라다 데비의 열세 자녀 중 막내로 태어났다.

타고르 집안은 3백 년에 걸쳐 대대로 콜카타의 지도층 가문이었다. 조부 드와르카나트 타고르는 토지에 투자해 막대한 부를 쌓은 인도 최초의 기업가로서, 영국의 동인도회사와 손잡고 설탕, 차, 석탄, 인디고 물감 등 다양한 사업을 했으며 벵골 지역과 오리사주에 큰 농지를 소유했다. 화물선도 여러 척이었고, 순수 인도 자본으로는 최초의 현대식 은행인 유니언 뱅크를 세웠다. 그는 사회 개혁가로도 이름이 높아 콜카타 주립 대학교 설립에 힘쓰고, 콜카타 국립도서관과 콜카타 최초의 병원, 그리고 의과대학을 세우는 데도 기여했다. 현재 콜카타 국립도서관 입구 정면에 그의 흉상이 놓여 있다.

타고르가 어렸을 때, 타고르 가문은 19세기와 20세기 초에 일어난 벵골 문예부흥의 주도적 역할을 했다. 콜카타의 대저택 조라상코(현재는 '타고르 하우스'로 불리며 타고르 박물관으로 바뀌었다)에서는 연극과 음악 공연이 자주 열렸으며, 집안의 많은 후손들이 뛰어난 작가, 시인, 음악가, 사상가로 이름을 알렸다.

어린 타고르에게 많은 사상적 영향을 미친 아버지 데벤드라나트는 또 다른 면에서 탁월한 인물이었다. 데벤드라나트는 호화로운 생활과 다양한 활동을 즐긴 자신의 부친과 달리 할머니와 어머니의 종교적인 삶에 영향을 받아 명상과 자기 성찰을 중요히 여겼다. 그는 힌두교 개혁 단체 '브라흐마 사마즈'의 제2대 지도자였으며, 높은 지식을 갖춘 성인이라는 뜻의 '마하리시'로 불렸다.

데벤드라나트도 어려서는 가정 환경 때문에 사치스러운 생활에 젖었으나 존경하던 할머니의 죽음을 통해 중요한 내적 경험을 했다. 임종 무렵 할머니의 육신은 힌두교 전통에 따라 갠지스 강변의 움막으로 옮겨졌는데, 데벤드라나트는 생명이 꺼져 가는 할머니를 지키며 홀로 강가에 앉아 있다가 갑자기 의식을 잃고 영적 경험을 했다. 그는 이 경험을 자서전에 이렇게 적었다.

"나는 마치 다른 사람이 된 기분이었다. 부와 물질에 대한 심한 혐오감이 나의 내부에서 일어났다. 값비싼 양탄자가 좋아 보이지 않았고, 그때 내가 앉아 있던 거친 돗자리가 내게 어울린다고 생각되었다. 전에 느껴 본 적 없는 환희가 나를 사로잡았다. 열여덟 살 때의 일이다."

그 후 데벤드라나트는 인도 전역을 순례하고, 봄가을에는 집을 떠나 평야지대나 히말라야 지방을 돌며 대자연 속에서 명상에 잠기곤 했다.

이런 혈통 때문인지 콜카타 중심가의 대저택에서 출생한 데벤드라나트의 자식들 중 몇몇은 천재이고 몇 사람은 정신에 문제가 있었다. 장남 드위젠드라나트는 뛰어난 지성을 갖춘 철학자이자 시인이며 작곡가이고 수학자였다. 신문과 잡지에 문학, 철학, 종교에 대한 글들을 폭넓게 기고하는 등 많은 분야에서 독창적인 정신과 풍부한 상상력을 발휘했다. 오히려 다재다능한 것이 흠이었다. 그의 장시 「꿈속의 여행」(스와프나프라얀)은 우화적인 걸작으로 벵골 문학에서는 고전에 꼽힌다. 그가 실험한 대담한 시 형식은 막내동생인 타고르의 시적 성장에 많은 영향을 미쳤다. 작곡도 하여 벵골 음악에 최초로 피아노를 도입했다. 또한 벵골어 속기법을 고안해 경이로운 발명이라는 찬사를 들었다.

차남 사티엔드라나트는 수 개 국어에 능통한 산스크리트 학자이며 저술가, 작곡가, 법률가였다. 사법고시를 통과한 최초의 인도인으로 힌두교 3대 경전 중 하나인 『바가바드기타』를 벵골어로 번역하고 불교에 관한 책도 썼다. 영국에서 공부한 사티엔드라나트는 어린 동생 타고르에게 런던에서 학교 다닐 기회를 열어 주었다. 이것은 훗날 타고르가 영국으로 건너가 그곳의 문인들과 만나는 계기가 되었다.

40세에 요절한 셋째 아들 헤멘드라나트는 엄격한 성격의 소유자로 동생들의 교육을 책임지고 집안의 토지를 관리했다. 당시로서는 드물게 자신의 딸들을 학교에 보내 음악과 미술, 프랑스어와 독일어 등을 배우게 했다. 그러나 무엇보다 모국어인 벵골어로 동생과 자녀들을 교육하는 일에 힘썼다. 타고르는 훗날 이렇게 회고했다.

"온 세상이 영어 교육을 외칠 때(당시 인도는 영국 통치하에 있었다), 셋째 형은 고집스럽게 우리를 벵골어로 교육시킬 것을 주장했다. 지금은 세상을 떠난 형에게 감사의 마음으로 경의를 표한다."

다섯째 아들 조티린드라나트는 당대 최고의 교양인이었다. 비범한 감수성을 지니고 화가, 음악가, 시인, 극작가로 활동하

20대 초반의 타고르

는 한편 예술과 문학의 영역을 넘어선 다양한 모험에 몸을 던졌다. 해운업과 산업에서 영국의 독점을 막기 위해 싸우느라 파산 직전에 이르기도 했다. 열세 살이나 어린 동생 타고르가 지적으로 성장하는 데 가장 많은 영향을 주었다.

장녀 사우다미니는 어머니를 대신해 어린 시인을 돌봤다. 그리고 다섯째 딸 스와르나쿠마리 데비는 뛰어난 연주가이자 작가로, 뱅골 최초의 여류 소설가이다.

이들 중에서도 막내아들 라빈드라나트 타고르는 어려서부터 문학에 천부적인 재능을 나타내었다. 7세에 이미 운율 있는 글을 쓰기 시작했으며, 13세에 익명으로 「욕망」(아빌라쉬)이라는 시를 잡지에 기고했다. 15세에는 '태양 사자'(바누싱하)라는 필명으로 연작시 「태양 사자 타고르의 노래들」(바누싱하 타쿠레르 파다발리)을 발표했다. 16세에는 본명으로 최초의 단편소설 「거지 여인」(비카리니)과 희곡들을 발표했으며, 이듬해인 17세에 첫 시집 『시인 이야기』(카비 카히니)를 출간했다.

어머니 사라다 데비는 막내아들을 낳은 후 눈에 띄게 쇠약해졌다. 그리고 많은 아들딸과 며느리들, 사위들, 손자들까지 함께 사는 대가족의 살림을 도맡아 하느라 막내에게 애정을 쏟을 겨를이 없었다. 그녀는 타고르가 14세 되던 해에 세상을 떠났다. 그래서인지 소년 시대에 채워지지 못한 모성애의 갈망이 타고르의 마음속에 늘 남았다. 다음의 시를 봐도 그 심정을 짐작할 수 있다.

생명의 문지방을 넘어 이 세상에 온 첫 순간을 나는 기억하지 못합니다.

그 힘은 무엇이었을까요? 한밤의 숲에서 꽃봉오리 하나 열리듯 이 광대한 신비 속으로 나를 나오게 한 힘은.

아침의 빛을 올려다보는 순간 나는 느꼈습니다. 내가 이 세계의 이방인이 아님을. 이름도 형상도 없는 불가해한 힘이 내 어머니의 형상으로 나를 그 팔에 안고 있음을.

마찬가지로 죽음에 이르러서도 똑같은 미지의 힘이 나타날 것입니다. 내가 일찍이 알았던 그 모습으로. 그리고 나는 압니다. 이 삶을 사랑하므로 죽음 또한 사랑하리라는 것을.

어머니가 오른쪽 젖가슴에서 떼어 내면 아기는 울음을 터뜨리지만, 다음 순간 왼쪽 젖가슴에서 위안을 찾아냅니다.

—「기탄잘리 95」전문

아버지 역시 여행이 잦았기 때문에 어린 타고르는 주로 하인들의 손에서 성장했다. 유년기에서 소년기까지를 타고르는 '하인들의 지배기'라 부르곤 했다. 아이들을 따라다니며 뒷바라지하기가 귀찮아진 하인들은 타고르를 한곳에 세워 놓고 주위에 분필로 둥근 원을 그려 원 밖으로 절대 나오지 못하게 했다. 이런 경험들은 오히려 타고르로 하여금 가정과 학교의 경계를 넘은 신비한 세계를 열망하게 만들었다. 원 안에 못 박힌 듯 서서 타고르는 창밖의 바니안나무를 바라보곤 했다. 훗

날 자전적 수필 『회상』(지반스므리티)에서 타고르는 이 어린 날
의 친구를 추억하며 썼다.

> 가지에서 뒤엉킨 뿌리를 내리는
> 늙은 바니안나무여.
> 너는 명상에 잠긴 수도승처럼
> 밤이나 낮이나 말없이 서 있다.
> 기억하는가, 너는
> 너의 그늘에서 꿈을 꾸던
> 어린아이의 일을.

일곱 살 무렵 타고르는 처음으로 동시를 읽고 온몸에 전율
을 느꼈다. '비는 후두둑, 나뭇잎은 우수수'라는 벵골어의 흔
한 표현이었으나 타고르에게는 시의 마력에 사로잡힌 최초의
사건이었다. 『회상』에서 그는 썼다.

"그 시는 나에게 '대시인'으로 가는 첫 시였다. 그날의 기쁨
을 떠올릴 때마다 지금도 나는 왜 시에는 운율이 그토록 필요
한지 깨닫는다. 운율이 있음으로써 단어는 끝이 나도 끝나지
않는 것이 된다. 발음된 소리는 끝나지만, 그 울림은 끝나지
않는다. 귀와 마음은 서로 운율을 주고받는 유희를 언제까지
나 계속해 나갈 수 있는 것이다. 긴 일생 동안 내 의식 속에서
끝없이 비는 후두둑 떨어지고 나뭇잎은 우수수 떨고 있다."

이 무렵 타고르는 초등학교에 다니기 시작했다. 그러나 아이들에게 공부를 강요하기 위해 취해지는 독특한 징벌에 질려 학교생활은 오래가지 못했다. 뒤이어 영국인이 세운 학교에도 입학했으나 교사들의 야비한 말투와 수업 전에 부르는 영어 노래를 견디지 못하고 자퇴했다. 학교생활은 실패로 끝났지만, 아직 일곱 살이던 이때 타고르는 태어나서 최초로 시를 썼다. 햄릿의 독백을 외우곤 하던 나이 많은 사촌으로부터 시를 쓰는 것이 어려운 일이 아니라는 말을 듣고 한 권의 푸른색 노트에 서투른 시를 써 내려가기 시작한 것이다. '새로 나온 뿔로 여기저기 들이받는 어린 사슴처럼' 마구 써 내려간 시를 보고 사람들은 창작의 재능이 있다고 칭찬했으나 타고르 자신은 자신의 시에 만족할 수 없었다. 그것은 타고르 자신의 표현을 빌리면 마치 '연못 한가운데의 연꽃을 따기 위해 헤엄쳐 가면, 자신의 팔이 일으키는 물살 때문에 연꽃이 점점 멀리 밀려가서 영원히 꽃에 다다를 수 없는' 것과 같았다.

학교를 다니는 중에도 집에서 산스크리트어, 벵골어, 수학, 자연과학, 해부학 등 여러 과목과 체조, 레슬링 등을 배워야 했다. 밤에는 등불 아래 졸면서 영어를 배웠다. 이때의 일을 『회상』에 쓰고 있다.

"불의 발견이 인류 최대의 발견 중 하나라고 책에 적혀 있다. 나는 반론을 제기할 생각은 없다. 다만 밤이 되어도 부모가 램프를 밝힐 수 없는 새들은 얼마나 행복할까? 그대신 새

「여인과 아이」(종이에 잉크와 수채화 물감)

들은 이른 아침에 회화 연습을 한다. 새들은 얼마나 즐겁게 말을 배우는가!"

12세에 우파나야나(남자 바라문의 경우 일정 나이가 되면 가슴에 실을 매어 주는 일종의 성년식)를 거친 타고르는 그해 겨울에 아버지와 함께 히말라야로 여행을 떠났다. 4개월 동안의 이 여행은 어린 타고르에게 결정적인 영향을 미쳤다. 타고르 부자가 처음 숙박한 곳은 콜카타에서 북서쪽으로 150킬로미터 떨어진 곳에 위치한 샨티니케탄(평화의 마을)이라는 마을이었다. 이곳은 훗날 타고르가 대안 대학을 세워 세계적으로 유명해진 곳으로, 당시는 이름 없는 시골에 불과했다. 어린 타고르는 그곳 대자연의 한가운데서 우주의 신비와 무한한 상상력을 경험했다.

타고르가 태어난 직후에 아버지 데벤드라나트는 샨티니케탄에 사는 친구 집을 방문했다가 그곳의 광대한 평원에 매료되어 친구로부터 그 땅을 매입했다. 그리고 그곳에 집을 짓고 '평화의 집'이라 이름 지었다. 미래의 교육도시 샨티니케탄은 이렇듯 타고르의 아버지에게서 시작된 것이다. 이곳에 며칠 머물면서 아버지는 어린 타고르에게 산스크리트어나 영어로 된 문학작품을 읽게 하고, 찬란한 별들이 빛나는 밤이면 천문학 이야기를 들려주었다. 감옥 같은 콜카타의 집에 갇혀 있다가 드넓은 공간의 자유를 누리게 되자 천국처럼 느껴졌다. 이런 인상은 평생 동안 타코르의 마음을 지배했다. 타고르가 나무

밑에 배를 깔고 엎드려 최초의 시극을 쓴 곳도 이곳 샨티니케탄에서였다.

　아버지와 아들은 서쪽으로 발길을 향해 멀리 펀자브주의 시크교 성지 암리차르로 갔다. 힌두교도였지만 아버지는 시크교에 경의를 표하며, 어린 타고르를 데리고 그곳 황금사원을 참배하고 시크교도들 속에서 찬가를 불렀다. 이것은 타고르의 마음속에 다른 종교를 존중하는 마음을 심어 준 중요한 계기가 되었다.

　이듬해 4월, 부자는 해발 2천 미터에 위치한 산간 휴양지 달하우지에 도착했다. 눈 덮인 히말라야 영봉들이 사방에 솟아 있고, 거대한 삼나무들이 서 있는 협곡에는 '명상에 잠긴 백발 성자의 발밑에서 무심히 놀고 있는 소녀처럼' 맑은 개울이 흐르고 있었다. "그 어느 광경 하나라도 놓칠까 봐 내 눈은 쉴 틈이 없었다. 왜, 무엇 때문에 우리는 이렇게 아름다운 곳에서 영원히 머물지 못하고 떠나야만 하는 것인가, 라고 내 가슴은 외쳤다."라고 훗날 타고르는 회상했다. 어린 소년은 쇠못 박힌 지팡이를 들고 발길 닿는 대로 산들을 오르내렸다. 아들의 자립심을 키우기 위해 아버지는 아들에게 자유 시간을 주었으나, 산책이 끝나면 어김없이 산스크리트어와 영어, 힌두교 철학서 『우파니샤드』를 가르치고 히말라야의 눈 녹은 찬물로 목욕을 하게 했다. 천문학을 배우기에는 히말라야의 밤하늘만큼 좋은 교실이 없었다.

집과 학교의 지루한 일상을 떠난 넉 달 동안의 여행은 소년 시절의 가장 행복한 날들이고, 더없이 소중한 경험이었다. 콜카타의 집으로 돌아왔을 때 타고르는 더 이상 어린아이가 아니었다. '하인들의 지배 시기'도 막을 내렸다.

여행에서 돌아온 후에는 학교를 다니지 않는 대신 교사들이 집으로 와서 타고르를 가르쳤다. 영어 교사의 지도를 받아 『맥베스』 몇 장을 벵골어로 번역한 것이 열두 살 무렵의 일이다. 어린 나이에 벵골어와 그 리듬에 익숙해져 있음을 알 수 있다. 그리고 이듬해에는 최초의 장시 「욕망」을 가족 잡지 〈타트바보디니 파트리카〉에 발표했다.

이 무렵 타고르는 다시 한 번 성 사비에르 학교에 입학했으나, 기계적이고 종교적인 분위기를 견디지 못하고 14세 때 학교 공부를 완전히 포기했다. 가족들은 더 이상 나무라지 않았고 막내아들의 장래를 포기한 상태였다. 타고르를 돌보던 큰누나조차도 "우리는 라비(타고르의 어렸을 때 이름)가 훌륭한 사람이 될 것으로 기대했는데 이젠 우리를 가장 실망시키는 골칫덩이가 되었다."라며 한탄했다.

그러나 학교에 가지 않아도 집 안에는 시인과 학자, 음악가, 철학자, 화가, 사회 개혁가, 천재와 기인 등 온갖 종류의 사람들이 있었다. 그리고 콜카타의 많은 문화 예술인들이 날마다 드나들었다. 희곡이 쓰여져 상연되고 한쪽에서는 인도 전통 음악이 연주되었다. 그런가 하면 거의 매일 산스크리트어 경전과 철학, 과학에 대한 토론이 벌어졌다. 학교에서 배우는 것보다 더 많은 지식과 사상을 흡수할 수 있었다. 집의 응접실이 어린 타고르에게는 '살아 있는 학교' 그 자체였다. 벵골은 때마침 문예부흥의 한복판에 있었다. 신간 서적과 시, 연재소설, 외국 문학, 번역시를 게재한 문학잡지 등이 높은 인기를 끌었다. 어린 타고르는 손에 잡히는 대로 읽었으며 형들의 대화에 귀를 기울였다.

14세에 타고르는 애국시와 「자연의 탄식」이라는 제목의 시를 써서 청중 앞에서 낭독했다. 이해에 일어난 어머니와의 사별은 죽음에 대한 첫 경험이었다.

어머니, 내 슬픔의 눈물로 진주 목걸이를 엮어 당신의 목에 걸어 드리겠습니다.
별들은 빛의 발찌를 만들어 당신의 발을 장식하지만, 내 것은 당신의 가슴에 드리워질 것입니다.
― 「기탄잘리 83」 부분

어머니의 부재를 채워 준 여인은 다섯째 형 조티린드라나트의 아내 카담바리였다. 타고르보다 몇 살 연상인 그녀는 타고르와 친하게 지내며 많은 영향을 주었다. '갈색의 날씬한 팔에 금팔찌를 한' 새색시로 인해 타고르는 심장이 뛰었다. 그녀 역시 문학과 음악의 애호가였으며 뛰어난 감수성의 소유자였다.

20대 중반의 타고르

어머니 없는 소년과 아이 없는 형수 사이에 비밀스러운 애정이 싹텄다.

　예술적 감성이 풍부한 형과 형수의 애정 속에 타고르의 시심이 터져 나왔다. 14세에 타고르는 1,600행이 넘는 최초의 장편 서사시 「들꽃」(바나풀)을 발표했다. 16세인 1887년에는 큰형 드위젠드라나트와 조티린드라나트가 문예지 〈바라티〉를 창간했다. 이 문예지는 뱅골 문학에 새로운 활로를 열었으며, 타고르는 자유롭게 글을 발표할 수 있는 공간을 갖게 되었다. 타고르는 이미 글을 쓰는 데 외부의 자극 같은 것이 거의 필요 없었다. 마음속 원천으로부터 글이 쏟아져 나왔다. 최초의 단편소설 「거지 여인」, 미완성 소설 「연민」(카루나), 서사시 「루드라탄다」, 장시 「시인 이야기」를 비롯해 수많은 시와 논문과 번역이 그의 펜 끝에서 탄생했다. 아직 미숙하지만 천재성이 드러나고 뱅골 문학의 새로운 세대가 탄생하리라는 것을 예고하는 작품들이었다.

　아버지와 형들은 타고르의 문학적 재능을 높이 평가하면서도 장래를 염려했다. 문학은 직업이 될 수 없기 때문이었다. 영국에서 학교를 다닌 둘째 형 사티엔드라나트는 타고르를 영국에서 교육받게 할 생각으로 먼저 자신이 지방 판사로 근무하는 인도 서부 구자라트주 최대의 도시 아메다바드로 데려갔다. 이곳에서 4개월밖에 머물지 않았지만, 이 시기는 타고르의 정신적 성장에 또 다른 전환점이 되었다. 타고르는 둘째 형 사티엔드라나트의 서재에 꽂힌 수많은 영문학과 유럽 문학 서적들을 탐독할 수 있었다. 단테와 괴테의 작품들이 마음속에 새겨졌다. 최초로 노랫말을 쓰고 작곡을 한 것도 이곳에서였다. 이후 일생 동안 타고르는 2천 편이 넘는 노래를 만들었으며, 그 노래들은 그의 시 못지 않게 인기를 누리며 지금도 벵골 지방에서 민중에 의해 불려진다. 또한 타고르가 쓴 가장 아름다운 단편 중 하나인 「배고픈 돌」(쿠디타 파샨)의 줄거리를 구상한 것도 이곳 아메다바드에서였다.

넉 달 후, 형 사티엔드라나트는 영어 회화를 배우고 서양의 생활방식에 익숙해지도록 뭄바이에 사는 유명한 외과의사이며 사회 개혁가인 지인의 집에 타고르를 맡겼다. 타고르를 교육하는 임무는 영국에서 생활한 경험이 있는 그 집의 젊고 아름다운 딸 안나푸르나가 맡았다. 타고르보다 두세 살 연상인 그녀에 대한 추억은 언제까지나 시인의 마음속에 남았다. 그녀는 지식이나 교양 면에서 월등히 뛰어났지만 타고르의 시적 능력을 인정하고 자신의 이름을 새로 지어 달라고 부탁했다. 타고르는 자신이 쓴 장시 「시인 이야기」에 등장하는 상상 속 여인의 이름 '날리니'('연꽃'의 뜻)를 그녀에게 바쳤다. 80세 때 타고르는 그녀를 회상하며 말했다.

"내가 그녀의 이름을 내 시에 슬쩍 끼워 넣어 낭송해 주자 그녀는 말했다. '설령 내가 죽음의 자리에 있다 해도 너의 시를 들으면 다시 살아날 것 같아.' 한 번은 그녀가 나에게 절대로 잊지 말라고 하면서 말했다. '넌 턱수염을 절대로 기르면안 돼. 너의 얼굴 선을 감추는 것은 어느 것도 하면 안 돼.' 그러나 결국 나는 그녀의 충고를 따르지 않았으며, 그녀는 자신의 말을 거역한 내 얼굴을 보지 못하고 세상을 떴다."

안나푸르나는 타고르보다 성숙하고 경험이 많았기 때문에 사춘기의 소년 앞에서 자신의 매력을 과시했다. 그녀는 살그머니 뒤에 다가와 두 손으로 눈을 가린다든가, 손을 잡아당기다가 갑자기 힘을 빼고 가슴에 안긴다든가 하며 타고르를 자극했다. 그녀는 영국의 에티켓을 가르친다는 구실로, 여자가 잠든 사이에 손수건을 훔치는 남자는 그 여자와 키스할 권리가 주어진다고 말했다. 어느 날 타고르는 그녀가 안락의자에 앉아 잠든 것을 보았다. 그러나 그녀는 몰래 잠든 척한 것이었으며, 타고르는 감히 그녀의 손수건을 훔칠 용기를 내지 못했다. 타고르는 그녀와의 이런 유희를 즐겼으나 너무 순진해 그녀가 벌이는 놀이가 무엇을 의미하는지 이해하지 못했다. 노년의 타고르는 이때의 일을 이렇게 회상했다.

"어느 해인가 희귀한 새들이 정원의 바니얀나무로 날아오곤했다. 내가 다가가면 새들은 날개를 퍼덕이며 날아갔지만, 아득한 숲에서 들려오는 새들의 아름다운 지저귐은 내 귓전에 맴돌았다. 인생길에서도 어딘가에서 온 천사를 우연히 만나 우리의 마음이 더욱 풍요로워지는데, 그 천사는 초대받지 않

「여인」(종이에 잉크)

고 와서 떠날 때는 홀연히 사라진다. 그러나 단조로운 생활의 거미줄에 아름다운 꽃무늬를 영원히 아로새겨 놓고 가는 것이다."

그녀와의 만남은 두 달 후 타고르가 형 사티엔드라나트와 함께 영국으로 떠남으로써 끝이 났고, 그녀는 스코틀랜드 인과 결혼했으나 얼마 안 가 세상을 떠났다. 타고르는 그녀를 가슴 깊이 간직했다. 훗날 글과 그림 속에서 그녀를 묘사할 때마다 그녀에 대한 애정이 묻어났다.

아름다운 여성과 함께한 뭄바이에서의 추억, 기쁨과 아픔이 뒤섞여 다가오는 콜카타의 형수 카담바리에 대한 기억들, 배멀미로 인한 고통, 이 모든 것을 뒤로 하고 도착한 런던의 첫인상은 이러했다.

"이렇게 우울한 도시를 나는 본 적이 없다. 연무와 안개가 가득하고, 비가 날씨를 지배하고, 사람들은 서로 부딪치면서 급한 걸음으로 걷고 있다."

처음에는 브라이튼 시에서 형의 가족과 함께 생활하며 공립학교에 입학했으나 곧 런던의 하숙집으로 보내졌다. 유학 생활이 결실을 맺기 위해서는 독립적으로 생활하면서 학업에 집중할 필요가 있기 때문이었다. 때는 겨울이었고, 하숙집에서 바라보이는 공원의 나무들은 잎새 하나 붙어 있지 않았다. 아열대인 인도와는 너무나 다른 풍경이었다. 타고르를 뼛속까지 고독하게 한 것은 추위보다도 음울한 슬픔이었다. 마치 자연이 영원히 얼굴을 찌푸리고 있을 것만 같았다. 이 시기에 쓴 시가 「난파선」(바그나타리)이다.

"이 시를 쓴 종이를 그때 바다에 띄워 가라앉게 했다면, 지금 나는 그 시를 좋은 시로 기억했을 것이다."

18세인 1879년, 타고르는 법률을 공부하기 위해 유니버시티 칼리지 런던(UCL. 노벨상 수상자를 33명이나 배출한 명문 대학)에 입학했다. 그리고 1년 후, 학업을 중단하고 고향 콜카타로 돌아왔다. 형 사티엔드라나트가 귀국하게 되자 타고르 혼자 런던에 방치해 두는 것이 염려된 아버지가 형과 함께 귀국하라는 지시를 내린 것이다. 학위도 없이 귀국한 타고르의 손에 들린 것은 단 하나, 런던에서 쓰기 시작한 미완성 장시 「상처 입은 가슴」(바그나 흐리다야)이었다. 다른 사람에게 상처 입히면서도 진정으로 자신이 원하는 것이 무엇인지 모르는 젊고 몽상적인 시인에 관한 내용이었다.

나는 아무것도 잃지 않았으나
나는 아직도 끊임없이 그 무엇인가를 찾고 있다.
나는 아무것도 바라지 않으나
나는 계속 그 무엇인가를 그리워한다.
기대했던 것도 아닌데 왜 이토록 절망하는가.
누구 하나 나에게 상처 주지 않았는데
어찌하여 이토록 상처받는가.

결실 없이 끝난 유학 생활과 조금은 불명예스러운 귀국으로 인해 사람들은 그를 재능 있는 건달 정도로 여겼지만, 사실 이때부터 본격적인 창작의 열정이 흘러나오기 시작했다. 20세인 1881년에 타고르는 첫 번째 음악극 「발미키의 천재」(발미키 프라티바)를 써서 타고르 가문의 대저택 조라상코에서 공연했다. 인도 최초의 서사시 『라마야나』의 저자 발미키와 한 소녀가 주인공인 내용으로, 이 작품의 성공에 힘입어 타고르는 이듬해 또다시 『라마야나』 속 이야기에 기초한 또 하나의 음악극 「운명의 사냥」(칼므리가야)을 써서 무대에 올렸다. 두 연극 모두에 타고르 자신이 배우로도 출연했다.

주위의 시선 때문에 고독과 실의에 사로잡힌 타고르는 문학을 통해 이를 극복하려 했다. 그렇게 해서 탄생한 시집이 『저녁의 노래』(산드야 상기트)이다. 이 시집은 시적 천재성이 잘 드러난 최초의 시집이다. "마침내 나의 시를 쓸 수 있게 되었다. 나의 시는 자유롭게 흐르는 강물과도 같아졌다."라고 그 자신이 회고할 만큼 이 시기에 타고르는 자신의 형식을 발견해 과거의 어떤 것에도 매이지 않고 시를 써 내려갔다. 세간의 평가는 좋았다. 새로운 별이 나타난 것이 확실했다. 타고르는 『회상』에서 "이때가 나의 시적 경력에서 가장 기억할 만한 시기였다."라고 썼다.

"당시 문예비평가들 사이에서 나에 대한 평은 서툰 운율로 혀 짧은 소리를 내는 반벙어리 시인이라는 것이었다. 나의 작품에 대해 모두들 안개와 그늘에 싸인 것처럼 모호하다고 평가했다. 그런 평가가 달갑지는 않았지만 전혀 근거 없는 말은 아니었다. 내 시에는 사실 현실이 결여되어 있었다. 그러나 한 가지 내가 받아들일 수 없는 것이 있다. 내 시가 모호하다는 이 비난 속에는 그것이 시적 효과를 위해 의도적으로 꾸며낸 것이라는 의미가 담겨 있다. 그러나 나는 그렇지 않았다. 시력이 좋은 사람은 안경 쓴 젊은이를 조롱하기 쉽다. 안경을 장식품으로 쓰고 다니는 것이라고. 그의 허약한 시력에 대해 논하는 것은 받아들일 수 있지만, 그가 세상을 보지 않는 것처럼 가장한다고 비난하는 것은 옳지 않다. (중략) 사람의 일생에는 겉으로 보여지는 감정 표현만으로는 드러내기 힘든 슬픔과 막연한 고뇌의 시기가 있다. 그 표현을 시도하는 시를 기초가 없다고 평가해서는 안 된다. (중략) 『저녁의 노래』 속에서 표현된 슬픔과 아픔은 내 존재 깊은 곳에 근원을 두고 있다. 잠든 의식이 깨어나기 위해 악몽과 씨름하듯이 물에 잠긴 내적 자아는 그 복잡한 세계로부터 벗어나 밖으로 나오기 위해 싸운다. 『저녁의 노래』는 그런 처절한 싸움의 기록이다.”

그러면서 한 가지 일화를 전한다. 『저녁의 노래』가 발표되었을 때 그것을 반기는 요란한 환호의 나팔이 울려퍼지진 않았으나, 그렇다고 찬사를 전혀 못 받은 것은 아니었다. 어느 날 상류층 집안의 결혼식에 참석했을 때였다. 그곳에 주빈으로 초대된 사람 중에 반킴 찬드라 차터지가 있었다. 반킴 찬드라는 벵골 문학의 아버지라 불리는 소설가로, 근대소설의 걸작인 역사소설 『두르게스 난디니』를 썼으며, 월간지 〈방가 다르샨〉을 발행해 타고르를 비롯한 젊은 지식층에 많은 영향을 주었다. 집 주인에게서 환영의 꽃목걸이를 받은 반킴 찬드라는 즉시 그것을 벗어 마침 그 자리에 나타난 젊은 타고르의 목에 걸어 주며 주인에게 말했다.

"이 꽃목걸이는 이 청년의 것이오. 당신은 이 청년의 『저녁의 노래』를 읽었소?"

『저녁의 노래』에 실린 시들은 「별의 자살」, 「희망 없는 희망」, 「슬픔에의 초대」, 「속절 없는 사랑」 등의 제목이 말해 주듯이 그동안의 타고르의 내면을 물들인 감정을 담고 있다.

시집이 완성되고 얼마 후인 1881년 4월, 타고르는 히말라야에 은거하고 있는 아버지에게 영국으로 돌아가 학업을 계속할 수 있게 해달라는 편지를 썼고 이내 허락을 받았다. 그러나 이 두 번째 영국 여행은 미완에 그쳤다. 타고르와 동행한 손위 조카는 당시 결혼한 직후였는데, 배가 콜카타 항구를 떠나자마자 배멀미를 시작하고 상사병에 걸렸다. 그래서 결국 남인도 첸나이의 항구에서 되돌아와야만 했다.

스무 살인 이해 여름을 타고르는 서벵골주 찬데르나고르의 갠지스 강가에 사는 다섯째 형 조티린드라나트와 형수 카담바리의 별장에서 보냈다. 『회상』에서 타고르는 썼다.

"아, 다시 보는 갠지스 강! 강둑에 늘어선 나무 그늘을 따라

흐르는 강의 재잘거림, 기쁨으로 나른하고 갈망으로 슬픈, 그 형언할 수 없는 낮과 밤들! 빛으로 가득한 이 벵골의 하늘, 이 부드러운 남풍, 이 강의 흐름, 이 왕과 같은 게으름, 지평선에서 지평선까지, 푸른 대지에서 파란 하늘까지 펼쳐져 있는 이 드넓은 여유! 이 모든 것들이 나의 굶주림과 갈증에 음식이 되고 물이 되어 주었다."

형과 형수, 타고르 세 사람은 종종 강에 배를 띄우고 오후를 보내곤 했다. 타고르가 '광기에 사로잡혀' 즉흥적으로 노래를 부르거나 작곡을 하면 형 조티린드라나트가 바이올린을 연주했다. 이곳에서 처음으로 타고르는 훗날 그의 작품에 지대한 영향을 미치게 될 벵골 지방의 강변 생활의 매력을 알게 되다. 이 강변에서 그는 '아이들이 나비를 잡듯이' 특정한 주제나 구상 없이 산문들을 썼다. 내면에 봄이 오자 마음속에 다양한 색채의 환상들이 탄생했다가 사라지곤 했다. 이 산문들은 훗날 『다양한 주제』(비비다 프라반다)라는 제목의 책으로 출간되었다. 최초의 소설다운 소설 「젊은 여왕의 시장」(바우타쿠라니르 하트)을 쓴 것도 이곳에서였다.

콜카타로 돌아온 조티린드라나트와 카담바리는 조상 대대로 살아온 조라상코의 저택으로 가지 않고 근처 수데르 가에 거처를 정했다. 타고르도 그 집에서 지냈다. 분주한 도시 한복판에 있는 이 자그마한 집에서 타고르는 최초의 영적 체험을 했다. 스스로 '중대한 혁명'이라고 부른 이 경험은 일생 동안 마음에서 떠나지 않았다. 『회상』에서 쓰고 있듯이, 어느 날 아침 타고르는 그 집 베란다에 서서 건너편 학교 운동장의 나무들을 바라보고 있었다. 태양이 나무들의 무성한 잎사귀들을 뚫고 솟아올랐다.

"그때 돌연 내 눈을 가리고 있던 베일이 벗겨졌다. 나는 세계가 놀라운 빛에 씻기며 아름다움과 환희의 파도가 사방에 넘쳐나는 것을 보았다. 이 빛이 내 가슴에 쌓인 슬픔과 절망을 찢어 그 속으로 우주의 빛이 홍수처럼 흘러들었다."

이 놀라운 경험을 한 그날, 타고르는 자신의 대표시 중 하나인 「폭포의 깨어남」(니르자레르 스와프나방가)을 썼다. 이 시는 그가 시인으로 성숙기에 들어섰음을 상징하는 작품으로, 시인 자신이 말하듯이 시가 '솟구쳐 나와 폭포처럼' 흘렀다. 히말라야 산중의 동굴처럼 어둠 속에 갇혀 있던 그의 마음이 폭포처럼 넘쳐 흐르게 된 것이다. 쏟아지는 햇살에 갑자기 눈이 녹아 거세게 흘렀다.

이 아침 햇빛이 어떻게
내 가슴속으로 들어왔는가?
아침 새의 노래가 어떻게
이 동굴의 어둠을 부수었는가?
누구도 그것이 어떻게 일어났는지 알지 못한다.
그러나 내 영혼은

수 세기의 잠에서 깨어났다.

이렇게 해서 타고르는 최초의 진정한 시를 쓰기 시작했다. 조카 인드라 데비(둘째 형 사티엔드라나트의 딸)에게 보낸 편지에서 타고르는 썼다.

"나는 지상에 쏟아지는 최초의 햇빛을 내 온 육체와 존재로 들이마셨다. 갓 태어난 아기처럼 파란 하늘 아래에서의 삶에 대한 맹목적인 기쁨으로 몸을 떨었다. 나의 모든 뿌리로 어머니 대지를 움켜잡고 그녀의 가슴에서 수액을 들이마셨다. 무의식적인 기쁨으로 나의 꽃들이 피고 새 잎들이 싹텄다."

세계에 대한 경이와 기쁨을 재발견한 타고르는 많은 시를 썼고, 이 시들은 시집 『아침의 노래』(프라바트 상기트)에 실렸다. 불과 1년 전에 출간한, 병적인 자의식에 사로잡힌 『저녁의 노래』와는 완전히 다른 분위기였다. 시집의 서시에서 타고르는, 꽃 속에 숨어 꽃잎을 파먹는 벌레처럼 병적인 공상에 빠져 공허한 세계에 오랫동안 머물러 있던 자신을 조소한다. 또 다른 시에서는 자신의 인생을 뒤돌아보며 어렸을 때 자신이 자연을 얼마나 사랑했었는가를 노래하고, 그 후 마음의 광야를 방황하느라 자연이 기쁨의 원천임을 잊고 있었음을 고백한다.

시집 『아침의 노래』에 실린 시들은 그때까지의 벵골의 시문학에서는 찾아볼 수 없던 새로운 형식이었다. 내용 면에서도 단순히 새로 발견한 기쁨을 묘사하는 데 그치지 않고 후기 작

수채화와 포스터, 잉크로 그림 풍경화, 1936년

품들의 근본을 이루는 심원한 사상이 이미 싹트고 있다.

복잡한 콜카타 시의 일상적인 풍경과 소음 속에서 환희를 느낄 수 있다면 히말라야처럼 고요하고 아름다운 곳에서는 더 많은 것을 얻을 수 있으리라는 생각에, 타고르는 21세 때 장엄한 칸첸중가 히말라야가 보이는 다르질링으로 여행을 떠났다. 그곳에서 시 「반향」(프라티드와니)을 썼다. 시가 난해하다고 지적하는 비평가들에 대해 타고르는 훗날 이렇게 썼다.

"시를 쓰는 것이 어떤 사실을 설명하기 위한 것은 아니다. 가슴이 느끼는 것이 언어로 표현될 때 한 편의 시가 탄생하는 것이다. 따라서 누군가가 내 시를 읽고 그것이 이해가 안 된다고 하면 나는 당혹감을 느낀다. 그런 사람에게는 시는 꽃향기와 같아서 이해하는 것이 아니라 향기를 맡는 것이라고 말해주고 싶다."

22세인 여름의 우기를 타고르는 형 조티린드라나트, 형수 카담바리와 함께 인도 남서쪽 해안 도시 카르와르에서 지냈다. 둘째 형 사티엔드라나트가 그곳에서 지방 판사로 근무하고 있었기 때문이다. 그곳에서 타고르는 최초의 의미 있는 시극 「자연의 복수」(프라크리티르 프라티소드)를 썼다. 훗날 「고행자」(산야시)로 영역된 이 희곡은 고행자가 동굴 밖에 서서 75행에 이르는 독백을 통해 자신의 깨달음을 선언하는 내용이다.

가을에 콜카타로 돌아온 타고르는 형 조티린드라나트 부부와 함께 노동자와 하층민들의 움막이 빼곡히 늘어선 초링기

거리의 별장에서 지내면서 그곳 사람들의 떠들썩한 일상에 매혹되었다. 다양한 일에 종사하는 남녀들과 철없이 뛰노는 아이들이 '살아 있는 이야기'로 다가왔다. 이곳에서 쓴 시들은 시집 『그림과 노래』(차비 오 간)으로 출간되었다.

조티린드라나트가 돈키호테 같은 사업에 말려들어 정신을 차리지 못하자 아버지는 집안 사람들에게 서둘러 타고르의 신부감을 찾으라고 지시했다. 그래서 이해(1883년) 12월, 같은 바라문 출신의 여성과 결혼식을 올린다. 타고르 가문에 비하면 신부는 집안도 낮고 지극히 평범한 인물에 몸이 허약할 뿐 아니라 벵골어 초등 교과서를 겨우 읽을 정도였다. 솔직히 타고르와 어울리는 신부감이 아니었다. 그러나 타고르는 문학에 있어서는 실험적이고 낭만적이었으나 순종적인 아들이었다. 타고르는 자기보다 어린 아내를 학교에 입학시키고 자상하게 보살폈다. 그녀의 이름은 당시로서도 구식으로 들리는 바바타리니였다. 결혼 후 그녀는 '므리날리니'라는 아름다운 이름으로 바꾸었다. 개명은 타고르가 추진한 듯하다. 연꽃을 의미하는 '날리니'는 타고르가 언제나 마음속으로 그리워하는 이름이었다. 그리고 마침 이 무렵 타고르는 「연꽃」이라는 제목의 산문극을 쓰고 있었다. 타고르와 므리날리니는 딸 셋(마두릴라타, 레누카, 미라)과 아들 둘(라틴드라나트, 사민드라나트)을 두었으나 두 아이는 어려서 사망했으며, 자녀 모두 타고르보다 먼저 세상을 떴다.

결혼한 이듬해인 1884년 봄, 뜻하지 않은 비극이 찾아왔다. 사랑하는 형수 카담바리가 25세의 나이로 자살한 것이다. 자살의 원인은 밝혀지지 않았다. 이 비극은 타고르의 가슴에 깊은 상처를 남겼다. 무엇으로도 치유될 수 없는 자국이었다. 비슷한 나이에 서로 공감할 수 있는 감성을 지닌 좋은 친구이자 모든 것을 털어 놓을 수 있는 대화 상대이며 피난처였던 여성이 홀연히 떠난 것이다. 훗날 타고르는 썼다.

"이미 일어난 돌이킬 수 없는 일들을 망각하는 능력은 인생이 가진 드문 축복 중 하나이다. 이 능력은 특히 어린 시절에 강해, 이때는 어떤 상처도 오래 가는 법이 없다. 그러나 스물세 살에 경험한 죽음은 평생 잊지 않는 것이 되었다. 그전까지 나는 웃음과 눈물이 그려 내는 인생의 익숙한 만다라에 그토록 큰 틈이 생겨 나리라고는 생각하지 못했었다. 죽음이 와서 돌연 내 인생의 일부를 앗아가 버렸을 때, 나는 말할 수 없는 상실감을 느꼈다. 나무도, 대지도, 태양도, 달도, 별도 모든 것이 여전한데 내 존재의 모든 면에서 항상 느낄 수 있었던 그녀만이 어슴푸레한 꿈처럼 사라져 버린 것이다. 이 무서운 역설이 나를 당혹케 했다. 과거와 현재를 어떻게 양립시킬 것인가? 내 인생에 갑자기 닥친 바다 모를 암흑의 심연이 나에게 가까이 오라고 손짓하는 듯했다. 그 심연의 가장자리에 서서 암흑을 내려다보며 나는 이제 남아 있는 것은 무엇인가 자문했다. (중략)

그런데 이처럼 질식시킬 듯한 어둠 속에서도 때때로 위안의 미풍이 문득 불어오곤 했다. 생명은 영원하지 않다는 고통스러운 자각이 오히려 나를 위로한 것이다. 우리는 삶이라는 냉혹한 감옥에 영원히 갇힌 죄수는 아닌 것이다. 이 깨달음은 진실로 위안이 되었다. 죽음을 상실로 생각하는 한 나는 불행할 것이지만, 죽음을 통해 해방되는 것이라고 생각한다면 나의 영혼은 평안해진다. 이렇게 초연한 마음이 자라남에 따라 눈물이 어른거리는 내 눈에는 자연의 아름다움이 한층 깊은 의미로 다가왔다. 그녀의 죽음은 삶과 세계를 있는 그대로 통찰할 수 있는 거리와 냉정함을 나에게 주었으며, 죽음이라는 거대한 캔버스에 그려진 삶의 그림이 진실로 아름답다는 것을 깨닫게 했다."

　타고르는 시선집 『어린 시절의 노래』(사이사브 상기트)를 포함해 세 권의 책을 카담바리에게 헌정했다.

　타고르 집안에서는 이미 월간 문예지인 〈바라티〉를 간행하고 있었고 타고르도 매번 이 잡지에 작품을 기고했으나, 사티엔드라나트의 부인이 아동을 위한 월간지 〈발라크〉를 창간함으로써 타고르의 도움이 필요하게 되었다. 잡지를 채울 원고가 부족하면 타고르가 시, 산문, 기사 등을 썼다. 단편 역사소설 「왕관」(무쿠트)도 그렇게 해서 쓴 작품으로, 몇 년 후 샨티니케탄의 학생들을 위해 연극 무대에 올려졌다.

　이후 29세가 될 때까지 타고르는 소설, 희곡 등 창작에 몰두하는 한편, 벵골 문학의 노장 반킴 찬드라 차터지와 불꽃 튀는 종교 논쟁을 벌였다. 23세에 출간한 시집 『반음 높은음과 반음 낮은음』(코리 오 카말)에는 동요, 종교시, 애국시, 연애시, 사랑의 노래가 실렸고 직접 번역한 셸리, 빅토르 위고, 엘리자베스 브라우닝, 크리스티나 로제티, 그리고 이름 모를 일본 시인의 시까지 수록되었다. 26세에는 「환영의 장난」(마야르 켈라)이라는 제목의 음악극을 발표했다. 자연은 환영의 그물을 짜고, 죽을 수밖에 없는 운명의 인간은 그 그물에 걸린다는 것이 주제였다.

27세에 타고르는 맏딸 마두릴라타와 아들 라틴드라나트, 그리고 아내를 데리고 형 사티엔드라나트가 지방 판사로 있는 서인도 솔라푸르에 가서 잠시 지냈다. 이곳에서 5막으로 구성된 최초의 희곡 「왕과 왕비」(라자 오 라니)를 썼다. 인물의 대비와 갈등이 있고, 격렬한 대사와 풍부한 몸짓이 있는 전형적인 셰익스피어 양식의 희곡이다. 유명한 희곡 「희생」(비사르잔)도 이 시기에 썼다.

이처럼 새로운 희곡을 쓰고 정치 논쟁과 사회 개혁에 참여하기도 했지만 시인의 마음은 이유 없는 불안과 슬픔에 시달렸다. 그럴 때마다 여행을 떠나거나 거처를 옮겼다. 조라상코의 대저택에서 나와 파크 가로 거처를 옮기고, 그곳에서 북인도 다르질링으로, 다시 서인도 솔라푸르로, 다시 콜카타로 이사하고, 그 후에는 북인도 바라나시 부근의 가지푸르로 떠났

아내 므리날리니와 함께, 1883년

다. 광대한 장미원으로 유명한 갠지스 강변의 가지푸르에 당도한 시인은 그곳이 마침내 자신이 생을 보낼 곳이라 여기고 가족을 데리고 이주했다. 그러나 몇 달 안 가 환멸을 느꼈다.

"장미밭이 상업화되면, 두견새도 시인도 감동시키지 못한다."

다시 콜카타로 돌아온 타고르는 한동안 산티니케탄에서 지내다가 또다시 솔라푸르의 형 곁으로 갔다. 그곳에서 형과 형의 친구가 영국을 방문할 계획이라는 말을 듣고 즉석에서 그들과 동행하기로 결정했다.

1890년 8월 22일(29세) 뭄바이 항을 떠나면서 시작된 『어느 유럽 여행자의 일기』는 그해 11월 4일 콜카타로 돌아올 때까지의 여정을 담고 있다. 런던에 도착한 타고르는 유학 당시 생활한 영국인 가정을 방문했으나 그들은 이미 어디론가 이사 간 후였다. 이탈리아와 프랑스도 여행 일정에 포함되었다.

되풀이되는 방황과 여행 중에도 늘 지니고 다닌 작은 수첩에는 시가 채워졌다. '흰 눈을 머리에 인 히말라야의 산들을 바라볼 때도, 평원의 열기와 먼지에 파묻힐 때도' 시가 흘러나왔다. 3년 넘게 축적된 이 시들은 유럽 여행에서 돌아온 직후에 출간된 시집 『마음의 창조』(만시)에 실렸다. 상상력의 넓이와 사상의 성숙, 서정적인 힘에 있어서 타고르의 작품 가운데 최고로 꼽히는 이 시집은 그의 문학에 반감을 갖고 있던 사람들까지 감동시키며 그의 명성을 확인시켰다. 사랑의 시, 종교적이고 신비적인 경향의 시, 사회와 민족 문제에 관한 시가 고르게 한 권의 시집을 구성하는 가운데, 개인적인 사랑과 동경을 존재의 근원에 대한 보편적인 동경으로 승화시키고 있다. 지금까지 경험해 온 모든 사랑을 통해 자신은 하나의 진실한 사랑을, 다시 말해 신의 사랑을 갈구해 왔음을 느끼고 있다. 이때부터 싹튼 이런 종교 의식, 절대자에게 다가가려는 욕망은 시집 『기탄잘리』에서 정점에 이르렀다.

『마음의 창조』 출간 후, 친구에게 보낸 편지에서 이 시집에 실린 연애시의 대상은 누구인가 하는 물음에 대해 타고르는 답했다.

"인간의 소망은 무한하지만 능력과 성취에는 한계가 있다. 따라서 인간은 자신이 찬미하는 이상적인 이미지를 마음속에 심어 놓는다. 『마음의 창조』에 나타난 사랑의 대상도 마음속 존재에 불과하다. 그것은 내가 최초로 그린 불완전한 신의 이미지이다. 그 이미지를 내가 언제 완성시킬 수 있을까?"

문학의 영역에서 높은 성과를 거두고 있다고 해도 대지주의 아들로서 의무를 다해야 한다고 여긴 아버지는 타고르가 29세 때인 1890년 벵골 북동부와 오리사주에 걸친 광대한 토지를 관리하라는 지시를 타고르에게 내렸다. 가족을 콜카타에 두고 타고르는 오늘날 방글라데시에 속한 실라이다하로 혼자 떠났다(아내와 아이들은 8년 후 합류했다). 처음에는 주저했으나 벵골의 시골에서 보낸 이 시기는 타고르의 문학과 사상에 큰 전환점이 되었다. 소작농들로부터 세를 걷기 위해 거룻배를 타고 파드마 강 어귀들을 돌면서 시골 사람들의 방식을 배우고, 논밭에서 일하는 이들의 전원 생활에 매혹되고, 그물을 던지는 어부들을 구경하고, 학교의 아이들을 방문하고, 자신을 위해 베풀어진 잔치에 참석하면서 사람들과 풍경으로부터 깊은 영감을 얻었다. 그리고 그것은 많은 작품으로 이어졌을 뿐 아니라 조국의 사회적, 경제적 문제의 원인을 올바로 판단할 수 있는 계기가 되었다. 이후 죽을 때까지 50년 동안 타고르는 민중의 감정과 정서를 대변하는 문학에 힘을 쏟았다.

넝쿨장미가 위로 뻗어 올라가기 위해 곧게 선 나무의 기댈 곳을 필요로 하듯, 시인의 상상력도 사실적인 관찰을 통해 굳건히 뿌리를 내렸다. 토지 관리라는 일을 통해 인도 국민 대다수를 구성하고 있는 농민들이 어떻게 살아가고 있는지 가까이에서 볼 수 있었다. 그리고 어느덧 땅을 일구는 사람들을 사랑하게 되었다. 훗날 산티니케탄에 대안 학교를 세우면서 가까운 곳에 '스리니케탄'('스리'는 아름다움, 번영의 뜻)이라는 이름의 농촌 개발 실험 센터를 설립한 것도 그런 이유에서였다.

서민들의 삶, 그들의 기쁨과 슬픔, 애증, 인내심, 가정과 종교에 대한 헌신, 부정과 탄압에 대한 굴종 등 모든 것이 소설의 소재가 되었다. 그리하여 타고르는 단편소설이라는 형식을 탄생시킨 인도 최초의 작가로 거듭났다. 타고르는 시와 노래에 있어서는 자신의 스타일을 발견하기까지 많은 모색을 했지만,

단편소설에서는 거의 시작부터 대가로 인정받았다. 타고르 이전에는 단편소설이라는 분야를 개척한 작가가 거의 없기도 했거니와, 오늘날에도 인도에서 타고르를 능가하는 단편소설 작가는 드물다.

30세인 1891년 한 해 동안에만 헤아릴 수 없이 많은 단편소설들을 썼다. 한 편지에 타고르는 썼다.

"만약 내가 단편소설밖에 쓰지 못했다 하더라도 나는 행복했을 것이고 독자를 만족시킬 수 있었을 것이다. 왜냐하면 단편소설 속 등장인물들이 나의 친구가 되어 주었기 때문이다. 비 오는 날, 내가 집 안에 갇혀 있을 때도 그들은 나의 말동무가 되어 주고, 화창한 날이면 나와 함께 파드마 강의 밝은 강둑을 산책했다. 오늘도 아침 일찍부터 기리바라라고 하는 이름의 만만치 않은 처녀가 나의 상상의 방에 들어왔다."

전형적인 인도 여성 기리바라는 매력적인 인물로 지금도 벵골 문화 속에 살아 있으며, 그녀의 이야기 속에는 헛되이 지나가 버린 젊음과 좌절한 꿈에 대한, 혹은 꽃 피기 전에 시든 꽃봉오리에 대한 애잔함이 담겨 있다. 그 밖에도 주위 사람들보다 동물들에게 더 많이 사랑받는 벙어리 소녀 슈바, 변덕스러운 남편 때문에 시력을 잃는 헌신적인 아내 쿠모, 충분한 지참금을 가져오지 못했다는 이유만으로 젊은 인생을 짓밟힌 불행한 여성 니르파마 등이 소설 속에 어른거린다. 카담바리 역시 화장할 장작더미 위에서 다시 소생해 유령처럼 방황한다.

「강력한 왕」(종이에 잉크와 수채화 물감)

남자의 물욕을 다룬 이야기도 있고, 야망 때문에 남편과 자식을 다그치는 여자의 이야기도 있으며, 과거의 빛바랜 영광에 매달려 살아가는 늙은 귀족의 이야기도 있다.

타고르의 단편소설들은 예리한 관찰력과 뛰어난 상상력, 연민과 혐오감, 자연과 인생이 조화를 이루고 있다. 또한 본질을 파악하는 능력, 작품 전체에 깔린 인간주의, 사회 부조리에 대한 비판 정신, 빼어난 문체 등이 두드러진다. 현실 생활에서 무시되기 쉬운 서민들이 그의 작품에서는 영원히 살아남을 인물로 묘사되어 있다.

민중의 사실적인 생활과 인물들이 소설 속에 등장한 이 시기에 역설적이게도 타고르의 시는 신비주의적인 감수성이 깊어졌다. 이것은 이후의 작품들에 많은 영향을 미쳤다. 타고르의 신비주의는 현실도피나 철학이 아니었다. 31세에 쓴 편지에서 타고르는 말하고 있다.

"나는 내가 그 안에 있기 때문에 이해할 수도 통제할 수도 없는 불가사의한 신비를 느끼고 당황한다. 그것이 나를 어디로 데리고 갈지, 혹은 내가 그것을 어디로 데리고 갈지 모르며, 내가 무엇을 해야 하는지도 모른다. 무엇이 나의 가슴에 소용돌이치고 있는지 무엇이 나의 피 속에 흐르고 있는지, 무엇이 나의 머리를 혼란에 빠뜨리는지 알 수도 없다. 그럼에도 나는 나의 생각과 행위의 주인인 양 행세하고 있다. 나는 마치 내부에 복잡한 금속 현을 품은 피아노와 같아서, 무엇이 그

현을 울리는지, 언제 누가 갑자기 와서 연주를 하는지 전혀 모른다. 다만 지금 무슨 곡이 연주되고 있는지, 혹은 조율이 잘되어 있는지, 기쁨의 감정을 연주하고 있는지 슬픔의 감정을 연주하고 있는지, 그 소리가 반음 높은음인지 반음 낮은음인지, 그 가락이 틀리는지 맞는지 그것만 알 뿐이다. 아니, 그것마저도 확실히 내가 모르고 있는 것이 아닐까?"

또한 "한 편의 시를 쓰는 기쁨은 한 묶음의 산문을 쓰는 기쁨보다 더 크다. 하루에 한 편의 시를 쓸 수 있다면……"이라고 고백했다. 그리고 실제로 그렇게 했다. 33세부터 39세까지 7년 동안 여러 권의 단편소설, 희곡, 산문집 외에도 7권의 중요한 시집을 발표했다.

33세에 펴낸 시집으로 『황금의 배』(소나르 타리)가 있다. 시집 맨 앞에 실린 시의 제목이 「황금의 배」이다.

천둥과 함께 비가 내리는 어느 날, 하늘에 구름이 밀려올 때 시인은 강이 내려다보이는 들판 언저리에 홀로 앉아 있다. 그때 한 척의 황금의 배가 다가오고, 시인은 배의 키 근처에 서 있는 어렴풋한 사람을 바라본다. 그 사람은 추수가 끝난 들판의 수확물을 배 가득히 싣는다. 곡식을 실은 배는 점점 떠나가고 있으나, 그 배가 어디로 가는지는 아무도 모른다. 시인만이 외롭게 강가에 남아 있다.

이 시의 의미를 놓고 벵골 문단에서 논쟁의 폭풍이 일었다. 황금의 배는 무엇인가? 배에 탄 사람은 누구인가? 시인 자신은 그 배가, 우리가 성취해 놓은 것을 거둬 가고 우리를 뒤에 남겨 두며 시간을 따라 흘러가 버리는 운명을 상징한다고 설명했다. 황금의 배는 시집의 마지막 시에 다시 등장하는데, 이때는 시인 자신이 배에 타고 있다. 그리고 몇 번인가 꿈에 본 여인이 배의 키를 잡고 있다. 그는 그녀에게 자기를 어디로 데려가려는 것인지 묻지만, 그녀는 아무 말도 하지 않고 다만 미소 지으며 해가 저무는 서쪽 지평선을 가리킬 뿐이다.

35세에는 시집 『다채로움』(치트라)을 출간했다. 몇 편의 걸작이 실린 이 시집에서 타고르의 시적 천재성이 결실을 맺었다고 여기는 이들이 많다. 시인은 시집에 실린 첫 번째 시에서 자연을 다양한 모습의 아름다움을 나타내는 여신으로 부른다. 그 여신은 무수한 형상과 색채, 소리를 드러내지만 동시에 만물 속에 내재한다. 무엇보다도 시인은 삶과 세계를 사랑하며, 일상의 작고 평범한 것 속에서도 아름다움을 발견하고, 그럼으로써 그의 내면은 외부세계와 감응한다. 또 다른 시에서 시인은 다른 사람들이 노동에 종사하고 있을 때 한가로이 피리를 불며 만족해하는 자신을 질책하며 스스로에게 말한다. '일어나서 어디에 불이 타고 있는가 보라. 도움을 청하는 사람들의 외침에 귀를 기울이라. 무수한 혀로 힘없는 자들의 피를 핥는 거만한 권력의 손아귀에서 허덕이는 이들의 신음 소리를.'

이 중요한 두 권의 시집 사이에 「강」(나디)이라는 제목의 장시를 발표했다. 그리고 또 다른 중요한 시집 『마지막 추수』(차이탈리)도 출간되었다. '차이탈리'는 늦은 벼의 수확이라는 뜻으로, 5월의 강렬한 태양이 대지에서 마지막 한 방울의 수분까지 증발시켜 버리기 전에 벵골 달력의 차이트라(양력 3월에서 4월) 때 벼의 마지막 추수를 하는 것이다. 시인은 자기 생애의 봄날이 저물어 가고 있으며, 곧 열정의 꽃잎이 시들어 버리리라는 것을 어렴풋이 예감한 듯하다.

37세인 1898년, 민족주의 운동을 막기 위한 영국 정부의 탄압이 거세지면서 위대한 학자이며 애국자인 틸락이 체포되었다. 타고르는 정부의 탄압 정책에 강력히 항의하고 틸락을 옹호하는 모금 운동에 적극적으로 참여했다. 콜카타에 페스트가 유행했을 때는 희생자를 위한 국제적인 활동과 의료 원조단을 조직했다. 그 와중에도 창작 활동은 이어졌다. 40세인 1901년에 출간된 시집 『바침』(나이베디아)에는 백 편의 시가 실렸다. 제목이 시사하는 대로 이 시집은 83세의 아버지에게 바친 것이다. 최고의 종교시로 평가받는 이 시집에 실린 몇 편의 시는 훗날 영문 시집 『기탄잘리』에 포함되었다. 『기탄잘리』의 시들 중에서 가장 많이 인용되고 낭송되는 다음의 시도 이 시집 『바침』에 처음 실린 작품이었다.

마음에 아무 두려움 없이 머리를 높이 쳐들 수 있는 곳
앎이 자유로운 곳

세계가 국경이라는 편협한 벽에 의해 여러 조각으로 분리되지 않은 곳

말이 진실 깊은 곳에서 흘러나오는 곳

지칠 줄 모르는 노력이 완성을 향해 팔을 뻗는 곳

이성의 맑은 강이 죽은 관습의 황량한 모래사막에서 길을 잃지 않는 곳

정신이 당신에게 인도되어, 사색과 행동의 지평을 끝없이 넓혀 가는 곳

그런 자유의 천국을 향해, 나의 아버지여, 내 나라가 깨어나게 하소서.

—「기탄잘리 35」 전문

또한 시인은 기쁨의 속박 속에서 자유를 느낀다고 말한다.

나에게 구원은 세상을 포기하는 일 속에 있지 않습니다. 천 가지 환희의 속박 속에서 나는 자유가 나를 껴안는 것을 느낍니다.

당신은 언제나 나를 위해 다채로운 색과 향을 지닌 당신의 신선한 포도주를 부어 줍니다. 이 질그릇 잔이 넘치도록.

나의 세계는 당신의 불꽃으로 수백 개의 서로 다른 등불을 밝힐 것입니다. 그리고 그것들을 당신 사원의 제단에 바칠 것입니다.

아니, 나는 결코 감각의 문을 닫지 않을 것입니다. 보고, 듣고, 만지는 기쁨이 당신의 기쁨을 전해 줄 것이기에.

그렇습니다, 나의 모든 환영이 기쁨의 빛으로 타오를 것입니다. 나의 모든 욕망이 사랑의 열매로 익어 갈 것입니다.

— 「기탄잘리 73」 전문

이제 더 이상 가문의 토지를 관리하는 일에만 묶여 있을 수 없었다. 복잡하고 소란스러운 콜카타의 생활로 돌아가는 것 역시 마음에 들지 않았다. 자연과 대지 가까이 살며 글을 쓰고 의미 있는 활동을 할 장소가 필요했다. 이런 요구를 충족지켜 줄 수 있는 곳은 샨티니케탄밖에 없었다. 타고르는 오래전부터 간소한 생활 속에서 고고히 사색하며 제자들을 가르치던 고대 인도의 은자들을 동경했었다. 교육에 대한 그런 이념을 실험하기 위해 대안 학교를 세울 꿈에 부풀었다.

40세 되는 해인 1901년 타고르는 아내와 세 딸과 두 아들을 데리고 샨티니케탄으로 이주했다. 그리고 그해 12월 22일 학교를 시작했다. 다섯 명의 학생 중 한 명은 장남이었고 교사도 다섯 명이었다. 실험의 대가는 컸다. 교사 중 세 명이 기독교인이고 그중 한 사람은 영국인이었기 때문에 정통 힌두교도들은 타고르를 건방진 개혁자라 비난했으며, 그의 반역 정신이 지겨워진 급진주의자들도 등을 돌렸다. 시인, 소설가로서 타고르를 찬미하던 사람들도 이 학교를 개인적인 취미 정도로 여겼다. 따라서 학교를 위한 기금과 학생을 모으는 것이 어려웠다. 타고르는 다른 지역에 있는 자신 몫의 집과 소장한 책들의 일부를 팔아 비용을 충당하지 않으면 안 되었다. 충실한 아내도 장신구를 팔아 보탰다.

타고르가 생각하는 최고의 교사는 자연이었다. 따라서 수업은 모두 야외의 나무 밑에서 행해졌다. 과학 교육 역시 아이들의 호기심을 길러 주는 자연 공부와 감각의 훈련에서 출발해야 한다고 믿었다. 또한 감정과 감성을 키우는 음악과 미술이 과학 못지않게 중요했다. 진실한 교육은 전인교육이어야 한다. 온전한 인간은 좁은 자아 속에 갇혀 있지 않고 지역 공동체에 기여할 수 있어야 한다. 타고르는 아직 벵골어로 된 올바른 초등 교과서도 없다는 것을 알고 교과서도 직접 썼다.

샨티니케탄에 새로운 가정을 꾸민 지 1년도 안 돼 시련과 슬픔이 시작되었다. 누구보다 충실했던 아내 므리날리니가 병에 걸려 콜카타로 옮겨졌으나 1902년 11월, 29세의 나이로 세상을 떠났다. 언제나처럼 그 슬픔은 시에 표현되었다. 타고르는 27편의 시를 써서 『애도의 시』(스마란)라는 제목으로 출간했다. 그중 한 편이 영문 시집 『기탄잘리』에 실렸다. 장남 라틴드라나트는 어머니의 죽음을 이렇게 회상한다.

"의사는 희망을 잃지 않았지만 어머니는 자신의 죽음을 깨닫고 있었다. 내가 마지막으로 어머니 곁에 갔을 때 어머니는 말없이 눈물을 흘렸다. 그날 밤, 아이들은 일찍 자야 했으나

우리는 잠을 이룰 수가 없었다. 막연한 두려움으로 우리는 뜬
눈으로 밤을 지새웠다. 아침 일찍 우리는 어머니가 계신 방이
보이는 테라스로 갔다. 불길한 정적이 집 안에 감돌았고, 죽음
의 그림자가 밤 사이에 몰래 다가온 것처럼 보였다. 그날 저녁,
아버지는 나에게 어머니의 슬리퍼를 주시며 잘 간직하라고 일
렀다. 아버지의 마음은 인생의 기쁨과 슬픔으로 평정을 잃은
적이 없었다. 그 어떤 고통스러운 재앙에도 마음의 평화가 깨
진 적이 없었다. 내부의 어떤 것이 불행을 직시하고 이겨 낼
수 있는 힘을 부여했을 것이다. 어머니가 돌아가신 후 아버지
는 더욱 열정적으로 샨티니케탄의 학교 일에 몰두했다."

자식들에게 표현하지 않은 슬픔을 타고르는 시에 담았다.

절망적인 희망을 안고 나는 내 방의 모든 구석마다에
서 그녀를 찾습니다. 하지만 어디에도 그녀의 모습은 보이
지 않습니다.

내 집은 작아서, 이 집에서 한번 사라진 것은 두 번 다
시 돌아오지 않습니다.

하지만 나의 님이여, 당신의 저택은 무한히 넓습니다.
그녀를 찾다가 나는 당신의 문 앞까지 왔습니다.

당신의 저녁 하늘이 만든 황금빛 지붕 아래 서서, 나는
간절한 눈을 들어 당신의 얼굴을 바라봅니다.

나는 지금 영원의 가장자리에 와 있습니다. 이곳에서는

어떤 것도 사라지지 않습니다. 희망도, 행복도, 눈물에 젖어 바라보던 얼굴 모습도.

공허한 내 삶을 저 대양 속에 잠기게 하소서. 그 가장 깊은 곳의 충만함 속에 나를 가라앉게 하소서. 떠나 버린 감미로운 손길을 단 한 번만이라도 이 완전한 우주 안에서 느끼게 하소서.

　　—「기탄잘리 87」 전문

아내가 세상을 떠난 지 불과 몇 달 만에 둘째 딸 레누카가 병으로 앓아 누웠다. 의사의 권유에 따라 타고르는 레누카와 자식들을 데리고 히말라야 지방으로 갔다. 아내를 잃은 고뇌를 감추고 아이들과 놀아 주고 응석을 받아 줘야만 했다. 이 무렵 아이들을 위해 지은 시들이 『어린이』(시수)라는 제목의 시집으로 출간되었다. 이 시집에 실린 시들 대부분은 후에 영어로 번역되고 영문 시집 『기탄잘리』와 『초승달』에도 수록되었다.

끝없는 세계의 바닷가에 아이들이 모입니다. 무한한 하늘은 머리 위에서 움직임 없고, 휴식을 모르는 물결은 잠시도 가만히 있지 않고 일렁입니다. 끝없는 세계의 바닷가에 아이들이 모여 소리 지르고 춤을 춥니다.

아이들은 모래로 집을 짓고, 빈 조개껍질로 놀이를 합

아들 라틴드라나트, 딸 마두릴라타와 함께. 1889년

니다. 마른 나뭇잎으로 배를 만들어 웃으면서 넓은 바다에 띄워 보냅니다. 아이들이 세계의 바닷가에서 놀고 있습니다.

아이들은 헤엄칠 줄도 모르고, 그물을 던질 줄도 모릅니다. 진주조개 캐는 어부들은 진주를 찾아 물에 뛰어들고, 상인들은 배를 타고 항해합니다. 그러는 동안 아이들은 조약돌을 모았다가 다시 흩뜨립니다. 아이들은 숨은 보물을 찾지도 않으며, 그물 던지는 법도 알지 못합니다.

　　—「기탄잘리 60」 부분

그해 9월, 레누카는 13세의 나이로 숨졌다. 조숙하고 재주 많던 딸의 죽음에 깊이 상심했지만, 슬픔을 이겨 내려는 듯 타고르는 더욱더 일과 창작에 몰두했다. 이상하게도 이 시기에 독자를 즐겁게 하기 위해 쓴 유일한 소설 「난파」(나우카두비)를 잡지 〈방가다르샨〉에 연재했다. 한 남자가 사람을 잘못 알아본 것이 원인이 되어 결국 어쩔 수 없이 아내를 바꿔치기한다는 내용이었다.

딸 레누카가 죽은 지 넉 달 후, 시인이 친아들처럼 아끼던 총명한 청년 시인 사티스 로이가 천연두로 갑자기 사망했다. 샨티니케탄의 교사였던 로이는 타고르처럼 이상주의자로 장차 시인의 오른팔이 되어야 할 인물이었다. 이어서 1905년 1월, 아버지 데벤드라나트가 88세를 일기로 세상을 떠났다.

이해에 타고르는 불교 경전 빠알리어 『법구경』을 벵골어로 번역했다.

절망은 그것으로 끝나지 않았다. 인도의 총독(영국령 인도의 사실상의 지배자로 영국의 군주를 대신해 인도를 통치한 직위)으로 재직하던 커즌 경이 1905년 벵골 분할령을 선포해 동쪽(현재의 방글라데시)은 이슬람교도들의 거주지로, 서쪽(현재의 서벵골주)은 힌두교도들의 거주지로 분리한 것이다. 이를 계기로 타고르는 반영 투쟁의 중심에 뛰어들어 열변을 토하고, 애국가를 만들고, 문학에 관한 유명한 연속 강연(이 강연은 후에 『문학론』으로 출간되었다)을 했다. 그리고 벵골의 통일된 모습을 상징하는 '락키 반단' 축제를 주도했다.

45세인 1906년에는 중요한 시집 『건너는 배』(케야)를 출간했다. 강 건너편으로 데려다줄 배를 기다리는 마음이 시집 제목에 담겨 있다. 시집에 실린 시들은 대부분 공상적이고 상징적이다. 그중 11편은 영문 시집 『기탄잘리』에 실리고 다른 여러 편은 영문 시집 『정원사』, 『열매 모으기』에 실렸다.

'갇힌 자여, 말해 보라. 이 끊을 수 없는 쇠사슬을 만든 자, 그는 누구인가?'

'나 자신입니다. 이 쇠사슬을 공들여 만든 자는.' 갇힌 자가 말했다. '나는 누구도 꺾지 못할 권력을 가지면 세상을 지배해 나 자신의 자유를 방해받지 않으리라 생각했습니다. 그래서 밤낮없이 거대한 불길로 쇠를 달구고 무자비한 망치질로 두드려 사슬을 만들었습니다. 마침내 누구도 끊을 수 없는 사슬의 고리가 완성되었을 때, 나는 깨달았습니다. 쇠사슬에 묶인 것은 나 자신임을.'

— 「기탄잘리 31」 부분

46세인 1907년은 고뇌와 결실에 찬 해였다. 콜카타와 샨티니케탄에서 타고르는 활발한 작품 활동을 이어갔다. 인간 감정에 대한 깊은 이해를 바탕으로 종교와 정치에 대한 철학적인 논쟁이 담긴 대표적인 장편소설 『고라』를 잡지에 연재하기 시작했고, 각각 다른 분야를 논하는 네 권의 문학 평론집을 출간했다. 이 평론집들은 냉정한 분석과 아름다운 문체로, 그 자체가 하나의 뛰어난 문학작품으로 평가받는다. 그리고 5년 전 아내가 죽은 날과 같은 날, 장래가 촉망되던 사랑스러운 막내아들 사민드라나트가 콜레라에 걸려 13세의 나이로 숨졌다. 아들의 갑작스러운 죽음은 좀처럼 평정을 잃지 않는 타고르에게도 감당할 수 없는 슬픔을 안겼다. 이후 그는 사민드라나트가 심은 넝쿨나무를 소중히 여겨 매일 물을 주었다.

이렇게 해서 타고르는 불과 5년 만에 아내와 두 아이를 잃었고, 남은 세 아이도 곁을 떠나고 없었다. 장녀는 시집을 갔고, 장남은 미국으로 유학을 떠났으며, 셋째딸마저 몇 달 전 시집을 간 후였다. 군중 속의 고독은 더욱 견디기 어려워서 타고르는 동료들에게 샨티니케탄 학교를 맡기고 당분간 파드마 강변의 실라이다하 별장에서 홀로 머물렀다. 이제 불필요한 감정들은 슬픔으로 불태워지고 그의 시는 일체의 군더더기 장식을 내던진, 신에게 바치는 노래가 되었다.

이제부터 나는 이 세상에서 두려울 것이 아무것도 없습니다. 나의 모든 싸움에서 당신이 승리할 것이기 때문입니다. 당신은 죽음을 나의 동반자로 남겼으니, 나는 내 생명의 왕관을 그에게 바치겠습니다. 당신의 검이 나와 함께 있어서 내 속박을 산산이 부숩니다. 그리하여 나는 이 세상에서 두려울 것이 아무것도 없습니다.

이제부터 나는 하찮은 치장들을 모두 떼어 버릴 것입니다. 내 마음의 주인이여, 이제 구석에서 당신을 기다리며 우는 일은 더 이상 없을 것입니다. 수줍어하거나 일부러 귀엽게 행동하는 일도 더 이상 없을 것입니다. 당신은 내게 당신의 검을 장식으로 주었습니다. 이제 인형 장식은 내게 더 이상 필요 없습니다.

─「기탄잘리 52」 부분

사실 타고르는 이때까지 인도 내에서는 큰 인기가 없었다. 사상과 문체가 당시의 흐름에서 크게 벗어나 있어서 그의 문학적 재능은 극히 제한된 사람들 사이에서만 인정받을 뿐이었다. 고답적인 학자나 문인들은 타고르의 작품에서 몇 줄을 예로 들면서 학생들에게 그것을 올바른 벵골어 문체로 바꾸라고 시험 문제를 내기도 했다. 실제로 노벨 문학상을 수상한 이듬해에 실시된 콜카타 대학 입시의 필수과목인 벵골어 작문에서 타고르의 문장 한 줄을 예시하면서 올바른 벵골 표준어로 고쳐 쓰라는 문제가 출제되었다.

잠시 명성을 얻었던 것은 벵골 분할에 반대하는 선봉에 섰을 때뿐이고, 그 후 다시 샨티니케탄의 학교에 전념하자 민중을 버렸다는 비난이 쏟아졌다. 사실 타고르는 배타적인 민족주의나 폭력적인 선동과는 거리가 멀었고, 시류에 편승하는 성향도 아니었다. 식민 통치자들은 자신들에게 협조하지 않는 타고르를 위험 인물로 낙인찍고 그의 자녀를 학교에서 받아들이지 못하게 막고, 샨티니케탄 학교를 원조하지 말도록 지시했다. 이렇게 타고르는 내적으로나 외적으로나 고립되었다. 이 고독한 상태에서 더욱더 내면 세계에 몰두하고 신을 직시하게 되었다. 『기탄잘리』의 명시들은 슬픔과 고독의 깊은 샘에서 길어 올린 것이었다.

내 여행의 시간은 길고, 또 그 길은 멉니다.

나는 태양의 첫 햇살을 수레로 타고 출발해, 수많은 별과 행성들에 자취를 남기며 광막한 세계로 항해를 계속하였습니다.

당신에게 가장 가까이 가기 위해서는 가장 먼 길을 돌아가야 하며, 가장 단순한 곡조에 이르기 위해 가장 복잡한 시련을 거쳐야만 합니다.

여행자는 자신의 집에 이르기 위해 모든 낯선 문마다 두드려야 하고, 마침내 가장 깊은 성소에 도달하기 위해 모든 바깥세상을 헤매 다녀야 합니다.

눈을 감고 '여기 당신이 계십니다!' 하고 말하기까지 내 눈은 멀고도 오래 헤매었습니다.

'아, 당신은 어디에?' 하는 물음과 외침이 녹아 천 개의 눈물의 강이 되고, '내 안에 있다!'라는 확신이 물결처럼 세상에 넘칠 때까지.

—「기탄잘리 12」 전문

인생에서 겪은 온갖 슬픔과 고뇌, 죽음으로 인한 이별과 좌절, 투쟁과 고독은 내면에서 담금질되고 승화되어 벵골어 시집 『기탄잘리』라는 제목의 시집으로 탄생했다. 이 시집에 실린 시 중 51편은 후에 시인 자신이 직접 영어로 번역한 동일한 제목의 영문 시집에 포함되었다. 벵골어를 읽을 줄 아는 사람이면 누구나 이 시들이 노래 그 자체이며 낭송하는 것만으로도 아름답다고 말한다.

나의 노래는 모든 장식을 떼어 냈습니다. 나의 노래는 자

꽃을 든 여인(종이에 크레용과 잉크)

랑할 만한 옷과 치장을 갖고 있지 않습니다. 모든 장신구는 우리의 하나 됨을 방해합니다. 그것들은 당신과 나 사이를 가로막고, 장신구 소리가 당신의 속삭임을 지워 버릴지도 모릅니다.

내가 가진 시인의 자만심은 당신 앞에 서면 부끄러워 모습을 감춥니다. 오, 최고의 시인이여, 당신의 발아래 나는 앉습니다. 나의 일생이 다만 소박하고 곧은 것이 되게 하소서. 당신이 음악으로 가득 채우는 갈대 피리와 같이.

— 「기탄잘리 7」 전문

그리고 또 다른 시에서 그는 쓰고 있다.

나 이곳을 떠날 때, 이것이 나의 작별의 말이 되게 하소서. 내가 본 세상은 너무나 아름다웠다고.

빛의 바다에 드넓게 핀 연꽃 속 숨겨진 꿀을 맛보았으니 나는 축복받은 자입니다. 이것이 나의 작별의 말이 되게 하소서.

무수한 형상들로 가득한 이 놀이터에서 나는 나의 놀이를 펼쳤습니다. 그리고 바로 이곳에서 나는 형상 없는 이의 모습을 언뜻 볼 수 있었습니다.

가닿을 길 없는 그의 손길이 닿았을 때 내 온몸과 팔다리는 전율했습니다. 만약 마지막이 이렇게 온다면, 오게 해도 좋습니다. 이것이 나의 작별의 말이 되게 하소서.

—「기탄잘리 96」전문

157편의 시가 실린 벵골어 시집 『기탄잘리』가 출간된 것은 49세 때인 1910년 8월의 일이다. 그런데 한 가지 주목할 점은 1888년에 유명한 탄트라 요가 수행자 시브찬드라 비드야르나브가 『기탄잘리』라는 제목의 책을 썼다는 점이다. 타고르가 거기서 시집 제목을 따왔다는 주장은 설득력이 있다.

이해에 타고르는 최고의 걸작에 해당하는 장편소설 「고라」를 완성해 책으로 출간했다. 그리고 이듬해에는 희곡 「불멸의 성채」(아찰라야탄)와 「우체국」(다크가르)을 포함해 단편소설 몇 편을 썼다. 이해에 타고르가 작사 작곡한 '그대는 모든 사람의 마음을 다스리는 자'로 시작하는 노래(자나 가나 마나)가 인도 국민회의 콜카타 지부에서 처음으로 불렸다. 이 노래는 인도가 영국으로부터 독립한 후인 1950년 1월 공식적으로 인도의 국가로 채택되었다.

그대는 모든 사람의 마음을 다스리고

인도의 운명을 지배하네

그대의 이름은 펀자브, 신드, 구자라트와 마라타

드라비다와 오리사와 벵골의 가슴을 일으켜 세우네

그대의 이름은 빈디야산맥 히말라야산맥에 메아리치고

야무나 강과 갠지스 강의 노래와 섞이네

그리고 인도 바다의 파도들도 그대의 이름을 노래하네

그대를 찬양하는 노래를 부르며 은총을 기원하네

그대의 손은 모든 사람을 구하리

그대는 인도의 운명을 지배하네

승리, 승리, 승리를 그대에게 바치리

50세가 되자 육신이 병들고 마음이 지친 타고르는 1912년 3월 심신의 회복을 위해 세 번째 유럽 여행을 계획했다. 유럽 행 배는 콜카타 항을 출발할 예정이었다. 그러나 출항 날 아침 갑자기 어지러움을 느낀 타고르는 정신을 잃고 쓰러졌다. 의사의 지시에 따라 여행은 미뤄졌고, 타고르는 안정을 취하기 위해 실라이다하의 쿠티바리('쿠티바리'는 벵골어로 '정원 딸린 집'을 의미)로 향했다. 이때 무엇인가에 집중하기 위해 자신과 분리될 수 없다고 여기는 과제를 함께 가져갔다. 이곳에서 타고르는 벵골어로 출간한 시집 『기탄잘리』에서 뽑은 자신의 시들을 영어로 번역하기 시작했다. 당시 런던에 머물고 있던 조카 인디라에게 보낸 편지에 그 이유가 적혀 있다.

"너는 내게 『기탄잘리』의 영역을 몇 번이나 권했었지. 나는 영어를 잘하지 못한다는 것을 스스로 잘 알기에 그렇게 하는 것이 부끄럽다고 말하는 것조차 사치다. (중략) 유럽으로 가는 배에 승선하기로 되어 있던 날, 나는 여행 준비에 너무 신경을 쓴 나머지 갑자기 기절하게 되었고, 여행 자체가 미뤄지고 말았다. 그래서 휴양을 위해 실라이다하로 갔다. 그러나 머리를 전혀 쓰지 않으면 팔다리를 뻗고 쉴 기력조차 없곤 한다. 이럴 때 조용히 지내는 유일한 방법은 무엇인가 가벼운 작업에 몰두하는 일이다. 때는 마침 망고 꽃 향내가 진하게 퍼지고 온종일 새들이 지저귀는 차리타(봄)였다. (중략) 그래서 나는 『기탄잘리』에 실린 시를 한 편씩 골라 영역을 하기 시작했다. 몸이 쇠약해진 상태에서 왜 말도 안 되는 야망이 인간을 사로잡는 것인지 너는 이상하게 여길지 모른다. 그러나 나는 오기로 이 작업에 손을 댄 것이 아니다. 다만 지난날 나를 환희에 젖게 했던 감정을 다시 한 번 다른 언어를 통해 느껴 보고 싶은 욕구를 강렬히 느낀 것이다. 작은 노트의 페이지가 한 장씩 채워져 갔다. 나는 그 노트를 주머니에 품고 배에 올랐다.”

실라이다하에서 지낸 회복기에 그는 또 100편이 넘는 시를 완성했다. 이 시들은 시집 『노래의 꽃목걸이』(기트말리야)에 실렸다. 이 시집은 1914년에 출간되었으나, 먼저 그중 16편이 영문 시집 『기탄잘리』에 실렸다.

연꽃이 핀 날, 내 마음은 방황하고 있어서 꽃이 핀 것을 알지 못했습니다. 내 바구니는 비어 있었지만 꽃은 내 눈길을 끌지 못했습니다.
다만 이따금 한 가지 슬픔이 내 위에 내려앉아, 나는

놀란 듯 꿈에서 깨어 바람에 실려 오는 신비한 향기의 감미로운 자취를 느꼈습니다.

그 어렴풋한 향기가 내 마음을 그리움으로 아프게 했습니다. 내게는 그 향기가 절정으로 치닫는 여름의 열정적인 숨결 같았습니다.

그때 나는 알지 못했습니다. 꽃이 그토록 가까이 있음을. 또 그 꽃이 나의 것임을. 그 완벽한 향기가 내 마음 깊은 곳에서 피어 나는 것임을.

—「기탄잘리 20」

1912년 5월 27일, 항해를 견딜 수 있을 만큼 건강이 회복된 타고르는 아들 라틴드라나트, 며느리 프라티마와 함께 뭄바이 항을 출발해 런던으로 향했다. 다행히 날씨가 좋아 배 안에서도 『기탄잘리』의 영역 작업을 이어갈 수 있었다.

유럽에서 타고르의 이름이 알려지도록 산파역을 한 이는 영국인 화가 윌리엄 로센스타인이었다. 그는 1910년 인도에 여행 와서 콜카타에 머물 때 화가로 활동하는 타고르의 두 조카와 알게 되었다. 로센스타인은 그때의 인상을 이렇게 적었다.

"조라상코에 있는 타고르 하우스를 방문할 때마다 나는 위아래로 흰 인도 옷을 입은 형제의 숙부에게 매료되었다. 유난히 아름다운 모습의 그는 우리가 이야기하는 동안 조용히 귀를 기울이며 앉아 있었다. 나는 강하게 마음이 끌리는 것을 느끼고 그의 초상화를 그려도 되느냐고 물었다. 그에게서 육체적인 아름다움과 함께 내적 매력을 발견했기 때문이다. 나는 연필로 그의 초상화를 스케치했다(이 스케치는 이 책 맨 앞장에 실려 있다). 그러나 그가 당대의 이름난 작가라는 것을 누구도 내게 알려 주지 않았다."

영국에 돌아온 로센스타인은 우연히 영어로 번역된 타고르의 단편소설 몇 편을 읽고 깊은 감명을 받았다. 그리고 콜카타의 친구를 통해 타고르의 시 몇 편을 영역해서 받아 읽고는 더 큰 감명을 받았다.

"신비적 색채가 뚜렷한 그의 시들은 비록 서툰 번역이긴 했지만 그의 단편소설들보다 깊은 인상을 주었다."

런던에 도착한 타고르는 로센스타인 외에는 거의 아는 사람이 없었기 때문에 먼저 그를 찾아갔다. 그리고 그가 자신의 시에 관심을 갖고 있다는 것을 알고 그에게 『기탄잘리』를 영역해 놓은 작은 노트를 건넸다.

로센스타인은 이렇게 회상한다.

"그날 밤 나는 그 시들을 모두 읽었다. 그곳에 위대한 신비가들에 버금가는 새로운 차원의 시들이 있었다. 내가 앤드루 브래들리(영국의 영문학자이며 문예 비평가. 옥스포드 대학에서 시학을 강의했다)에게 그 시들을 베껴서 보냈더니 '드디어 우리의 동지 가운데 또 한 명의 위대한 시인을 갖게 되었다.'라고 내 의견에 동의했다. 나는 예이츠 시인에게도 편지를 썼으나 답장이 없었

자화상(종이에 잉크)

다. 그러나 두 번째 편지를 보냈을 때 몇 편의 시를 보내 달라고 말해 왔다. 그 시들을 읽고 그는 나보다 더 흥분했다. 그는 런던으로 건너와 타고르의 시들을 자세히 검토하고는 필사본에 몇 군데 수정을 가했으나 원본은 그대로 손대지 않았다."

예이츠의 높은 평가에 용기를 얻은 로센스타인은 자신의 집에 저명한 작가들을 초청해 타고르를 소개했다. 그 자리에서 예이츠가 '음악성 넘치는 황홀한 목소리로' 타고르의 시들을 낭송했다. 이 모임에는 가장 영향력 있는 20세기 미국 시인 중한 명으로, 런던에 거주하며 많은 작가들과 교류한 에즈라 파운드가 참석했다. 또한 평생의 친구이자 협력자가 되어 준 C. F. 앤드루스를 만난 것도 이 자리에서였다. 앤드루스는 인도에서 활동한 영국 출신의 기독교 선교사이며 사회 개혁가로, 남아프리카공화국에 있던 간디를 설득해 인도로 오게 한 장본인이었다. 인도 독립운동에 크게 기여해 '디나반두'(가난한 이들의 친구)라 불렸다. 그 인상적인 밤의 모임에 대해 앤드루스는 다음과 같은 기록을 남겼다.

"나는 H. W. 레빈슨(이름난 언론인)과 함께 햄스테드 유원지(런던 북서부 햄스테드 고지대에 위치한 숲)를 끼고 걸어서 돌아왔다. 우리 둘 다 서로 거의 입을 열지 않았다. 나는 빨리 혼자가 되어 그 밤의 감동과 경이에 대해 조용히 생각에 잠기고 싶었다. 레빈슨과 헤어진 후 나는 숲을 가로질러 갔다. 구름 한 점 없는 밤하늘에는 인도적인 분위기를 자아내는 무엇인가가 자못

빛으로 가득했다. 거기서 나는 혼자가 되어 그 놀라움에 대해 사색할 수 있었다."

로센스타인은 런던의 인도 협회 측에게 영문판 『기탄잘리』를 인쇄해 회원에게 나눠 주도록 권유했다. 이 책에 예이츠가 서문을 썼다. 1912년 11월, 시집은 750권 한정판으로 인쇄되었다. 타고르의 시를 평하며 에즈라 파운드는 썼다.

"예이츠가 한 위대한 시인─그의 말을 빌리면 우리 중 누구보다도 위대한 시인─의 출현에 대단히 흥분해 있는 것을 본 지 한 달이 넘었다. 어디서부터 이야기를 시작했는지 모르지만, 우리는 갑자기 새로운 희망을 발견한 것이다. 마치 르네상스 이전의 유럽으로 되돌아온 것처럼 훨씬 건강하고 투명한 감각이 기계 소음 속에 묻혀 있는 우리에게 돌아온 것 같았다. 나는 지금 이것을 가볍게 말하는 것이 아니며, 감상에 젖거나 새로운 이론을 주장하기 위해 하는 말은 더더욱 아니다. 한 달 동안이나 두고두고 생각한 일이다. 이 시인에게는 천성적인 고요가 있다. 그의 시들은 격렬한 감정에 의해 태어난 것이 아니라 그의 정상적인 상태를 반영하고 있다. (중략) 타고르의 거처를 떠난 후 나는 마치 내가 짐승 털옷을 두르고 돌도끼를 가진 미개인처럼 생각되었다. 간단히 말해 나는 그의 시들 속에서 기본적인 상식을 볼 수 있었다. 우리가 서양식 삶의 혼돈과 도시의 혼란 속에서, 혹은 대량 생산되는 문학의 요설과 선동 속에서 쉽게 잊어버린 무엇을 보았다."

시집은 서구 지식인들 사이에서 이례적인 반응을 일으켰다. 사람들은 산업 발전과 서구 제국주의의 팽창에 정신을 빼앗기고 있었고, 민족적 인종적 자부심 속에서 욕망을 따르고 있었다. 문학도 지적 사치 품목이 되어 버렸다. 영어로 번역된 타고르의 『기탄잘리』는 이런 시대적 분위기 속에서 등장했다. 서구인들로서는 처음 대하는 시와 운율이 이렇게 말하는 듯했다. '외부의 것들로부터 시선을 거두고, 내면으로 눈을 돌려라.' 벵골 초원으로부터 들려오는 듯한, 피리의 선율 같은 이 메시지가 서구의 독자들 속으로 파고들었다.

또한 『기탄잘리』 시집을 통해 타고르는 서양의 많은 저명 인사들과 작가들을 만나게 되었다. 그중에는 소설가이자 비평가인 버나드 쇼, H. G. 웰스, 철학자이며 수학자인 버트란드 러셀, 시인 로버트 브리지스, 시인 존 메이스필드, 소설가 W. H. 허드슨 등이 있었다. "타고르의 품위 있는 자태와 아름다운 풍모, 조용한 예지는 그를 만나는 모든 사람에게 깊은 인상을 심어 주었다."라고 로센스타인은 썼다. 마치 이런 새로운 인연들을 예견하기라도 한 듯 타고르는 『기탄잘리』에서 썼다.

당신은 내가 알지 못하던 벗들에게 나를 알게 했습니다. 당신은 나의 집이 아닌 집에 나의 자리를 마련해 주었습니다. 당신은 먼 곳을 가깝게 하고, 낯선 이와 나를 형제로 만들었습니다.

익숙한 안식처를 떠나야만 할 때 나는 마음이 불안합니다. 새로운 것에 옛것이 깃들어 있음을, 그곳에도 당신이 머물러 있음을 나는 잊어버립니다.

탄생과 죽음을 초월해, 이 세상에서도 다른 세상에서도, 당신이 나를 이끄는 곳 어디에서나 내 가슴을 늘 기쁨의 끈으로 미지의 세계와 연결해 주는 이는 당신입니다. 영원히 이어지는 내 생명의 유일한 동행, 언제나 변함없는 동반자인 당신입니다.

당신을 알면 내게 낯선 자는 아무도 없으며, 닫힌 문은 어디에도 없습니다. 내 기도를 들어주소서. 세상 만물의 유희 속에서 유일자인 당신과 접촉하는 더없는 행복을 내가 잃지 않도록.

―「기탄잘리 63」전문

시집이 출간되고 영국의 신문들로부터 호평을 받자 영국에서도 인도에서도 많은 비평가들이 타고르가 이처럼 훌륭하게 영어를 쓸 리 없다고 여기고 예이츠가 전면적으로 수정하거나 원시를 개작한 것이라고 주장했다. 이 의혹에 대한 해답은 로센스타인이 분명하게 증언한다. 그는 번역시의 초고를 읽었을 뿐 아니라 예이츠의 수정본과 인쇄소로 넘어 간 최종 원고를 보관하고 있었기 때문이다. 그는 말했다.

"『기탄잘리』의 성공은 예이츠가 타고르의 영시를 수정했기 때문이라고 인도에서도 말하고 있다는 것을 나는 안다. 이 낭설은 전혀 근거 없는 것이다. 영어와 벵골어 둘 다의 『기탄잘리』 초고를 나는 소중하게 간직하고 있다. 예이츠가 복사본에 군데군데 손을 보긴 했으나 인쇄소로 넘길 때는 타고르가 쓴 원고 그대로를 넘겼다."

『기탄잘리』 한정본이 출간되었을 때 타고르는 영국에 없었다. 런던에서 4개월 머문 뒤 아들 부부와 함께 미국으로 간 타고르는 아들이 대학을 다닌 일리노이주 어배너에서 요양하며 고대 인도의 정신을 주제로 논문을 집필했다. 이 논문은 후에 하버드대학에서 행한 연속 강의의 텍스트가 되고 『생의 실현』(사드하나)이라는 제목으로 출간되었다.

런던에서 발행되는 영국의 대표적 신문 〈타임스〉 지는 문학 특집판에 『기탄잘리』의 서평을 실었다.

"이 시집에 실린 시들을 읽으면 장차 영국시가 나아갈 방향, 즉 사상과 감정의 조화가 잘 나타나 있다. 오늘날 우리의 세계에서는 종교와 철학이 서로 작별을 고하고 있는데, 이는 그 둘 다 쇠퇴하고 있다는 징후이다. 이 시집에 담긴 사상이 영국적인 것과 거리가 멀기 때문에 이 인도 시인에게 반하는 것을 거부하는 사람도 있을 것이다. 그러나 이 시들을 무시하기 전에 스스로 자문해 보자. 우리의 철학은 무엇인가라고. 우리는 항상 분주하게 사상을 추구하지만 시로써 표현할 만한 사상은 아무것도 갖고 있지 않다."

실제로 '이 인도 시인에게 반하는 것'을 거부한 비평가도 적지 않았다. 한 사람은 런던에서 발행된 〈뉴에이지〉 지에 썼다.

"이렇게 보잘것없는 시라면 누구라도 쓸 수 있다. 이런 작품을 좋은 영어, 좋은 시, 좋은 감각, 좋은 논리라고 착각해선 안 된다."

인도인들의 반응도 다양했다. 한 영국인 선교사가 서평란에 "몇 세기 동안 이처럼 뛰어난 시인은 나오지 않았다."라고 쓴 것을 읽고 미국에 사는 벵골인들이 격분했다. 그중 한 사람은 타고르를 '사기꾼'이라고 욕했으며, 또 다른 이들은 타고르를 훨씬 능가하는 벵골의 수많은 시인들의 이름을 나열했다. "이 친구의 사랑 노래는 옛날 바이슈나바(비슈누 신을 숭배하는 힌두교 종파) 시인들 노래의 발꿈치에도 못 미치는 흉내일 뿐 다른 아무것도 아니다. 게다가 이 친구의 철학은 『우파니샤드』의 사상에 불과하다. 유럽과 미국의 괴짜들은 겨우 타고르 정도에 열을 올리고 있으나, 그 친구가 쓰는 것은 우리에게 전혀 새로운 것이 아니다."라고 주장한 이도 있었다.

그러나 대부분의 영국 신문과 잡지에서 『기탄잘리』는 호평을 얻었고, 타고르의 명성은 대서양을 건너 미국까지 전해졌다. 일리노이주에 머물고 있는 타고르에게 각종 학계와 문인 단체들에서 초청이 밀려들고, 시카고에서 발행되는 시 전문지 〈시〉(포에트리) 지는 여섯 편의 시를 게재했다. 이것은 서양에서 타고르의 시를 실은 최초의 잡지가 되었다. 시카고대학에서도 강연 의뢰가 왔다. 타고르가 아직 어배너에 머물고 있을 때 바산타 쿠마르 로이(『라빈드라나트 타고르, 그의 시와 인간』의 저자)가 타고르를 찾아왔다. 로이는 콜카타 출신의 청년으로 당시 위스콘신대학에서 유학하고 신문기자로 일하고 있었다. 타고르의 열광적인 독자가 된 그는 타고르에게 더 많은 작품을 영역하도록 권했다. 타고르의 작품이 세상에 알려지면서 그는 이렇게 확신했다.

"선생님은 조만간 시로써 노벨 문학상을 받게 될 것입니다. 인도와 아시아에는 선생님이 아니면 그 영광을 누릴 사람이 없습니다."

그의 말에 타고르는 "동양인도 노벨상을 탈 수 있는가?" 하고 소박하게 물었다.

로이는 노벨 문학상이 발표되기 전인 1913년 7월에 처음으로 타고르에 대한 기사를 게재했다. 타고르 연구가 수지트 쿠마르 무케르지는 타고르를 서양에 알리는 데 가장 큰 공을 세운 세 명 중 한 명으로 로이를 꼽았다. 나머지 두 명은 예이츠와 에즈라 파운드였다. 로이가 쓴 타고르 전기는 큰 성공을 거두었으며, 비평가들도 호평을 보냈다. 모국어인 벵골어로 타고르의 작품을 읽을 수 있는 같은 벵골인에 의해 씌어진 책이기 때문이었다. 로이가 쓴 타고르에 대한 기사와 영역 작품들은 큰 호응을 얻었으며, 로이는 미국 전역을 돌며 타고르에 대한 강연을 했다.

1913년 1월 타고르는 시카고대학에서 '인도 고대 문명의 이상'과 '선악의 문제'에 대해 강의했다. 그리고 보스턴으로 가서 하버드대학에서 연속 강연을 했다. 그 후 뉴욕을 방문한 후 1913년 4월 런던으로 돌아가 그곳에서 또 연속 강연을 했다. 1년 전 런던에 도착했을 때만 해도 무명의 이국인이었던 그가 이제는 팬들을 끌고 다니는 저명인사가 되었다. 맥밀란 출판사에서 영문 시집 『기탄잘리』가 정식으로 출간되었으며, 시집은 이례적인 판매 행진을 보이며 쇄를 거듭했다. 같은 출판사에서 영문 시집 『정원사』, 『초승달』과 희곡 「치트라」가 연이어 번역 출간되었다. 희곡 「우체국」도 무대에 올랐다.

『기탄잘리』에 대한 첫인상 때문에 영국에서 타고르는 주로 사상가이자 종교 시인으로 간주되었다. 그러나 시인의 눈으로 시인을 본 에즈라 파운드는 이런 평가가 한쪽으로 치우친 견해라고 지적하면서 신문에 기고한 『정원사』 서평에서 이렇게 말했다.

"영국인들은 어찌하여 이 시인을 도덕론자로밖에 평가하지 못하는지 도무지 이해할 수 없다. 그의 시들은 각각 한 편의 독립된 작품으로 읽혀야 하고, 하나의 노래로 평가받아야 한다. 이 시들은 깃발을 장식하는 별들이 아니라 밤하늘에서 총총히 반짝이는 별들이다."

비록 영국 문단이 타고르를 온전히 평가하지는 못했지만, 이들의 힘이 아니었다면 타고르의 이름은 스웨덴의 노벨상 심

60대의 타고르

사위원회에 전달되지 못했을 것이다.

9월에 타고르는 명성도 얻고 건강도 회복해 귀국길에 올랐다. 그리고 1913년 11월 13일, 노벨 문학상 수상 소식이 샨티니케탄에 도착했다. 스웨덴 아카데미는 '그의 운문은 심오할 정도로 섬세하고, 신선하며, 아름답다. 자신의 시적 사유를 완벽한 기술로 자신의 영어로 표현해 냈다.'라고 수상 이유를 밝혔다. 동양인에게 돌아간 최초의 노벨 문학상이었다(동양인에게 주어진 두 번째 노벨 문학상은 이로부터 55년 뒤 『설국』의 작가 가와바타 야스나리에게 돌아갔다).

수상이 발표되자 동양인이 상을 탄 데 대한 항의의 목소리가 높았다. 미국 신문은 썼다.

"노벨 문학상이 인도인에게 주어졌다는 것이 작가들 사이에 커다란 분노와 불만과 경악을 불러일으켰다. 노벨상의 영예가 백인이 아닌 작가에게 돌아간 이유를 그들은 이해하기 힘들었다."

캐나다 토론토에서 발행되는 〈글로브〉 지는 이렇게 썼다.

"노벨상이 백인이 아닌 사람에게 주어진 것은 최초의 일이다. 라빈드라나트 타고르가 세계적인 문학상을 수상했다고 스스로 믿게 되기까지 시간이 걸릴 것이다. 그 사람의 이름부터가 귀에 낯설다. 처음 그 이름을 들었을 때 이 일이 사실이라는 것이 믿기지 않았다."

로스앤젤레스의 〈타임스〉 지도 소수의 사람들만 그 이름을 발음할 수 있는 인도의 시인에게 상이 주어진 것에 유럽과 미국의 작가들이 크게 실망하고 있다는 불만 기사를 실었다.

타고르의 노벨 문학상 수상 소식은 전 인도를 환희의 물결에 젖게 했다. 수상 닷새 후에 로센스타인에게 쓴 편지에서 타고르는 말하고 있다.

"이것은 나에게는 커다란 시련입니다. 이 상이 야기시킨 세간의 흥분은 경악할 만한 것입니다. 그것은 마치 개의 꼬리에 빈 깡통을 매달아 개가 지나갈 때마다 소리가 울리고 구경꾼들이 모여 드는 짓궂은 장난과 같습니다. 지난 며칠 동안 쇄도해 오는 축전과 편지로 나는 숨이 막힐 정도입니다. 지금껏 나의 작품을 한 줄도 읽지 않고 나에게 호의적인 감정을 갖고 있지 않던 사람들이 맨 먼저 큰 소리로 환호성을 지르고 있습니다. 이 비현실적인 아우성 때문에 내가 얼마나 피곤하게 되었는지 다 말씀드리기가 어려울 정도입니다. 여기에는 왠지 두려운 것이 있습니다. 이 사람들은 나에게 갈채를 보내는 것이 아니고 나에게 붙은 명예에 경의를 표하고 있습니다."

대부분의 인도 국민이 자국의 언어와 문학에 불만을 갖고 있다가 외국이 이를 인정하고 나서야 환호하는 태도를 타고르는 굴욕적으로 느꼈다. 수상 발표 직후 콜카타의 저명인사 500여 명이 특별 열차편으로 샨티니케탄을 찾아오자 타고르는 그들 앞에서 자신의 그런 심정을 밝혔다. 그는 시적이지만 퉁명스러운 어조로 자신에 대한 비현실적인 찬사를 받아들일 수 없다고 말했다. 그의 말을 수긍하는 이들도 있었지만 대다수는 '불친절한 언사'라며 불쾌하게 받아들였다. 이것이 신문에 실리자 타고르를 맹렬히 비난하는 목소리가 높아졌다. 그러나 당시의 탁월한 애국주의자 비핀 찬드라 팔은 타고르를 지지하는 글을 신문에 썼다.

"라빈드라나트의 입장이었다면 누구라도 같은 심정이었을 것이다. 그의 태도는 당연한 것이고, 품위를 지킨 것이었다."

노벨 문학상 수상은 타고르를 보통의 한 인간에서 동양의 정신을 대표하는 하나의 상징적 존재로 바꿔 놓았다. 타고르는 동양의 마음이 단순히 박물관에 소장된 흥미 있는 표본이 아니라 생생히 살아 있는 실재라는 사실을 일깨운 최초의 동양인이었다.

노벨 문학상 수상 후 타고르는 국내외에서 많은 활동을 이어갔다. 영국, 미국, 일본, 중국, 남미, 유럽 여러 나라를 여행하면서 강연을 계속했고 많은 지식인들과 만났다. 마하트마 간디와는 중요한 견해 차이를 놓고 논쟁을 벌이기도 했다. 사실 간디의 '비폭력'은 타고르의 정신에서 출발한 것이지만, 타고르는 '전국민이 물레를 돌려 면옷을 짜 입어야 한다'는 간디 추종자들의 배타적인 슬로건에는 반대했다. 그러나 간디와 타고르 두 사람은 타고르가 먼저 세상을 떠날 때까지 서로에 대한 존경심을 잃지 않았다. 타고르 사후에 간디는 샨티니케탄을 방문해서 말했다.

"나는 타고르 선생과 나 자신의 차이를 찾으려고 마음먹고 왔다. 그러나 우리 둘 사이에 아무 차이도 없다는 놀라운 발견으로 끝났다."

타고르는 1916년 미국으로 가는 길에 처음 일본에 들러 석 달 동안 체재한 후 세 차례 더 일본을 방문했다. 일본인의 생활 양식과 풍경이 그의 마음을 끌었다. 일기에 그는 썼다.

"일본에 와서 나는 거리에서 사람들이 노래 부르는 것을 들은 적이 없다. 이 나라 사람들의 마음은 폭포처럼 요란하게 소리를 내는 것이 아니라 호수처럼 조용하다. 내가 지금까지 들은 그들의 시는 음악적인 노래가 아니라 회화적인 시다."

간결함을 특색으로 삼는 일본의 하이쿠에 마음이 끌린 타고르는 사인을 부탁하는 일본인들에게 하이쿠 형식의 짧은 즉흥시를 써 주곤 했다. 이 시들이 수집되어 후에『길 잃은 철새들』이라는 제목으로 출간되었다.

일본인들은 타고르를 붓다의 탄생지에서 온 시인이며 예언자로 여겨 열렬히 환영했으나 이는 오래 가지 않았다. 타고르가 곳곳에서 행한 강연에서 일본의 권력욕과 국가주의적 집단 이기주의를 비난하자 열기가 식어 버렸다. 특히 중일전쟁의 평가를 놓고 일본 시인 노구치 요네지로와 격렬한 논쟁을 벌인 것은 유명하다.

미국에서도 '국가주의'에 대 강연하면서 '국가주의'를 악마 숭배와 같은 것으로 비난하자 언론들은 '위대한 우리 미합중국 청년들의 마음을 타락시키려고 타고르가 퍼뜨리는 달콤한 독약'에 조심하라는 경고를 실었다. 편협한 민족주의에 대한 비판은 인도의 혁명 단체들로부터도 '국민에 대한 배반'이라는 비난을 받았다. 하지만 노벨 문학상을 수상한 프랑스 소설가 로맹 롤랑은 일본에서 행한 '국가주의'에 대한 타고르의 강연문을 읽고 감동해 친구가 되었다.

『인간의 종교』 자필 원고(1930년경)

1915년 영국 정부는 타고르에게 기사 작위를 수여했다. 그러나 1919년 4월 펀자브주의 암리차르에서 영국군이 대규모 학살을 자행하자 타고르는 강력한 항의 편지와 함께 기사 작위를 반납했다. 전쟁에 대한 통렬한 비판, 영국의 인도 통치에 대한 저항, 더구나 작위 칭호의 반납은 영국인들이 타고르에 대해 가지고 있던 호감을 급속히 냉각시켰다. 런던 여행 기간 동안 암리차르 대학살을 긍정하는 영국 사회의 풍조에 깊은 마음의 상처를 입은 타고르는 "만행을 못 본 척하려는 파렴치한 태도는 소름 끼치도록 추악하다. 우리의 진정한 구원은 우리 자신의 손 안에 있다."는 생각을 되풀이했다.

타고르는 죽을 때까지 샨티니케탄의 학교에 열정을 쏟았다. 뜻을 같이하는 사람들이 세계 각처에서 모이는 하나의 둥지를 만들고 싶다는 그의 꿈이 실현되고 있었다. 개인적인 은둔처이자 작은 학교에 불과했던 그곳은 어느덧 '온 세계가 하나의 둥지 속에서 만나는 자리'라는 산스크리트어 시구를 대학의 모토로 삼은 비스바 바라티 국제대학(1921년 설립)으로 발전했다. 노벨상 상금도 전액 이 학교에 기부했다. 그리고 부족한 대학 재정 문제를 해결하기 위해 세계 여러 나라로 강연을 다니며 기부금을 모았다.

67세 되는 해인 1928년 타고르는 건강 악화로 외국 여행을 떠날 수 없었다. 이것이 계기가 되어 새로운 창작 표현의 양식인 회화에 몰두하기 시작했다. 이렇게 시작된 그림과 스케치는 생을 마칠 때까지 13년 동안 이어져 3,000점에 이르는 작품을 탄생시켰다.

타고르와 한국의 인연은 타고르가 일본을 처음 방문한 1916년에 맺어졌다. 이해 7월, 당시 일본에서 유학하던 조선인 학생 진학문은 육당 최남선의 요청을 받고 요코하마의 일본식 별장에 머물고 있는 타고르를 찾아갔다. 이때의 장면이 최남선이 발행한 잡지 〈청춘〉 1917년 11월호에 자세히 묘사되어 있다.

타고르가 진학문에게 말했다.

"내가 이번 길에 조선과 중국에 꼭 들르려 했으나 시일이 없어 여의치 못하게 된 것이 무척 유감이오."

이에 진학문이 말했다.

"선생님, 바쁘신데 어려운 부탁입니다만, 새 생활을 갈구하는 조선 청년을 위해 무엇이든 조금 써 주시지 않으시겠습니까? 선생님께서 써 주신다면 감사한 말씀은 다할 수 없으려니와 그 반향은 서양의 철학자나 문인이 우리를 위해 써 준 것보다 몇 배 이상의 느낌이 있을 것입니다."

타고르가 물었다.

"무슨 잡지에 실을 것이오?"

"조선 전체에 단 하나뿐이라 할 수 있는 〈청춘〉이라는 잡지에 게재하려 합니다."

타고르가 다시 물었다.

"그것은 물론 조선어로 된 잡지겠군요?"

이에 진학문은 그렇다고 대답했다.

타고르가 말했다.

"내가 미국에서 할 강연 초안을 쓰느라 무척 바쁘오. 그래서 길게 쓸 수는 없고 짧은 것이라도 무방하다면 써 드리겠소."

"예, 길고 짧은 것이 어디 있겠습니까?"

잠시 후 이들은 옥상에 올라가 기념 촬영을 했으며, 이때 타고르가 진학문을 돌아다보며 "약속한 글은 수일 내로 보내리다." 하고 말했다.

그리고 얼마 후 타고르는 배를 타고 미국으로 떠났다. 진학문은 부슬비 내리는 요코하마 항구에서 타고르를 배웅했다. 진학문의 〈시성 타고르 선생 송영기〉는 '가는 비가 부실부실 날니는 중 해상에 멀니 뜬 카나다 호가 운무 속으로 몸을 감춘다.'라는 문장으로 끝난다.

〈청춘〉 지에는 이 글과 함께 타고르의 시 세 편이 번역 소개되었다. 시집 『기탄잘리』 속의 한 편, 『원정』(정원사)의 한 편, 『신월』(초승달)의 한 편이다. 이 세 편의 시가 한국어로 번역된 최초의 타고르 시이다. 번역자는 밝혀져 있지 않으나 진학문 혹은 〈청춘〉의 편집자 최남선일 것이라고 추측돼 왔다. 그러나 평론가 김용직의 조사에 의해 일본에서 유학한 소설가 진순성의 번역임이 밝혀졌다. 그리고 이 세 편의 시 다음에 「쫓긴 이의 노래」라는 제목의 시가 독립적으로 실려 있는데, 이 시가 바로 타고르가 보내 주기로 약속한 글일 것으로 추정되고 있다. 편집자의 주석에 '작년 시인이 동쪽 바다에 내유하였을 적에 특별한 뜻으로 우리 〈청춘〉을 위해 지어 보내신 것'이라고 밝히고 있기 때문이다.

〈청춘〉에 실린 번역문 그대로를 표기만 현대어로 바꿔 여기에 옮긴다. 이 시의 번역은 진학문이 한 것이라는 자료가 있으나 최남선일 수도 있다. 영어 원문은 산문시 형식이지만 번역은 운문으로 되어 있다.

주께서 날더러 하시는 말씀
외따른 길가에 홀로 서 있어
쫓긴 이의 노래를 부르라시다.
대개 그는 남모르게 우리 님께서
짝 삼고자 구하시는 신부일세니라.
그 얼굴을 뭇사람에게 안 보이려고
검은 낯가림으로 가리었는데,
가슴에 찬 구슬이 불빛과 같이
캄캄하게 어둔 밤에 빛이 나도다.
낮이 그를 버리매 하나님께서
밤을 차지하시고 기다리시니

70대의 타고르

등이란 등에는 불이 켜졌고

꽃이란 꽃에는 이슬 맺혔네.

고개를 숙이고 잠잠할 적에

두고 떠난 정다운 집 가으로

바람결에 통곡하는 소리 들리네.

그러나 별들은 그를 향하여

영원한 사랑의 노래 부르니

괴롭고 부끄러워 낯 붉히도다.

고요한 동방의 문이 열리며

오라고 부르는 소리 들리니

만날 일 생각하며 마음이 졸여

어둡던 그 가슴이 자주 뛰도다.

그러나 사실 이 시는 〈청춘〉을 위해 창작한 것은 아니며, 그 이전 1916년에 펴낸 시집 『열매 모으기』에 실린 시다. 따라서 일정에 쫓긴 타고르가 약속을 지키기 위해 기존에 쓴 시를 한 편 보내 준 것인지, 아니면 〈청춘〉 지 편집자가 임의대로 골라 실은 것인지는 분명하지 않다. 따라서 이 시가 '타고르가 조선인에게 준 최초의 시'라는 주장은 유보될 수밖에 없다.

1929년 타고르는 캐나다 방문길에 잠깐 일본에 들렀다. 이때 동아일보 도쿄 지국장이던 이태로가 그를 찾아가 한국 방문을 요청했지만, 이튿날 캐나다로 떠나야 하고 인도로 돌아갈 때도 일본을 거치지 않기 때문에 요청에 응할 수 없었다. 타고르는 미안한 마음에, 다음 날 자신을 배웅하러 나온 이태로에게 다음의 짧은 시를 써 주었다.

아시아의 황금기에
그 등불지기 중 하나였던 코리아
그 등불 다시 한 번 켜지기를 기다리고 있네.
동방의 밝은 빛을 위해.

이 시는 주요한의 번역으로 1929년 4월 2일자에 실렸다. 그런데 단 4행의 이 시 뒤에, 앞에서 소개한 「기탄잘리 35」가 붙어서 번역되는 일이 일어났다. 현재 몇몇 고등학교 문학 교과서와 세계 명시선 등에도 그렇게 실리고 있다. 「기탄잘리 35」편은 한국과는 무관한 시이므로 분명히 잘못된 일이다. '식민지 조선'이라는 시대적 배경 때문에 일어난 일일 것이다.

〈청춘〉지에 진순성의 번역으로 타고르의 시 3편이 소개된 이듬해인 1918년 만해 한용운이 잡지 〈유심〉을 창간해 타고르의 강연 '생의 실현'을 실었다. 1926년 발표된 한용운의 『님의 침묵』이 절대자에 대한 사랑을 서정적인 산문시 형태로 노래한 점에서 타고르의 『기탄잘리』에서 많은 영향을 받은 것은 널리 알려진 사실이다. 방정환은 1920년 6월 〈개벽〉 창간호에 타고르의 시 「어머니」와 「신생의 선물」 두 편을 번역 소개했다.

마하트마 간디, 알베르트 아인슈타인과 함께

이후 타고르 열풍이 불어 1925년까지 타고르의 시가 22번이나 번역되었다. 1930대에 서구적 기교가 유입되기 전까지 타고르의 시와 문학은 1920년대의 한국 문단에 깊은 영향을 미쳤다(평론가 김용직의 주장). 타고르 시를 통해 한국에 수용된 님에 대한 절대적 사랑은 당시 국권을 상실한 한국인들에게 큰 공감을 불러일으켰다.

우리나라에서 시집 『기탄잘리』는 프랑스 시인 폴 베를렌의 시를 번역해 젊은이들의 가슴에 불을 지핀 시인 김억의 번역으로 1923년 4월 평양 이문관에서 출간되었다. 김억은 1년 뒤 4월에는 타고르 시집 『신월』(초승달)을, 같은 해 12월에는 『원정』(정원사)을 잇달아 번역했다.

그러나 이보다 먼저 『기탄잘리』를 한국어로 번역한 사람은 정지용이었다. 당시 휘문의숙 5학년에 재학 중이던 무명시인 정지용은 1923년 1월 발간된 〈휘문〉 창간호에 『기탄잘리』의 시 9편을 번역해 실었다. 정지용은 "나는 인도 타고르의 시에 미쳐 있었다."라고 고백한 바 있다. 기독교적 분위기가 지배적인 김억의 번역에 반해, 정지용의 번역은 '재기발랄한 행간 배치와 신선한 언어구사로, 김억의 종교적이며 직역투의 번역 방법과 상당한 차이를 보여'(평론가 최동호의 주장) 준다.

타고르의 작품을 번역한 또 다른 이는 희곡작가 오천석이다. 그는 김억이 'Thou'를 '주님'으로 번역한 것과 달리 '님'으로 번역했다. 이 '님'은 단순히 연인을 가리키는 의미만이 아니라 국가, 신의 뜻도 포함하는 무한한 개념이다.

타고르가 탄생하기 전의 인도는 정신적 사막지대로 창조성이 많이 부족했다. 정치적으로는 자유를 상실했고, 문화적으로는 서구의 양식을 따르거나 아니면 맹목적으로 구시대의 전통을 고수했다. 이런 인도를 변화시켜 정신적으로 문화적으로 자긍심을 되찾도록 이끈 지도자 가운데 가장 특별한 사람이 간디와 타고르이다.

전인적 인격을 갖춘 타고르는 삶 속의 예술가였다. 그의 사생활은 단순하면서도 아름다운 그의 시처럼 정갈하고 고결했다. 노벨 문학상 수상 시인이고 인도를 대표하는 시인이면서도 만년의 40년 동안을 누추한 시골 학교의 교장으로서 자족했다. 인도에서 '시인'을 의미하는 '카비'라는 단어는 단순히 시인이 아니라 '신과 인간 사이에 위치하는 선지자'를 의미한다. 타고르는 그런 의미에서 진정한 카비였다.

그 시대에 타고르는 세계를 가장 폭넓게 여행한 사람 중 한 명이다. 민족주의와 국가주의가 세계 도처에서 팽배할 무렵, 그는 '스리랑카에서 러시아에 이르는 여러 나라와 이란에서 아르헨티나까지를 두루 돌아다니며'(동아일보 1961년 2월 26일자) 하나의 세계, 즉 인간의 공통점에 바탕을 둔 세계주의를 역설했다.

노벨 문학상 발표 직후 한 프랑스 비평가는 말했다.

"시인 타고르의 이름이 지금까지 유럽에 알려지지 않았다는 사실은 우리의 한계를 말해 준다. 이것은 또한 유럽 문명의 편협성을 드러낸다. 우리는 수백만의 인류가 우리와는 다른 이념을 가지고 살아가고 있다는 사실을 깨닫지 못하고 있는 것이다."

타고르의 전기를 쓴 크리슈나 크리팔라니는 말한다.

"서양 세계에 미친 타고르의 영향은, 그가 새로운 차원에서 동양을 이해시켰다는 데 있다. 그 이전에는 동양이란 서양인들에게 잉여자본의 투자로 막대한 이득을 얻을 수 있는 착취의 대상이었고, 서구 제국주의의 야망이 난무하는 무대였으며, 기독교 전파의 시장이었고, 기독교적 자선의 실험장이었다. 때로는 고대 동양의 지혜를 경외하는 서구 사상가나 학자가 있기도 했지만, 대체로 서구인들은 우월감을 지니고 동양을 착취의 대상으로 간주했다."

1937년 지병의 악화로 타고르는 더 이상 활동이 힘든 상황이 닥쳤다. 그리고 끝내 이 병에서 헤어나지 못했다. 최후의 5년 동안, 타고르는 자주 혼수상태에 빠지는 고통 속에서도 작가로서의 활동을 멈추지 않았다. 1940년 옥스포드대학은 샨티니케탄에서 타고르에게 문학박사 학위를 수여했다. 그리고 이듬해 타고르는 80세를 일기로 고향 콜카타, 자신이 태어난 조라상코 저택에서 숨을 거두었다. 한 생애 동안 그의 손을 거쳐 세상에 나온 작품은 시, 단편소설, 장편소설, 희곡, 가극, 민중가요, 여행담, 자서전적 수필, 문학평론, 사회 평론, 종교론, 회

마지막 여행

화 등 이루 헤아릴 수 없이 많다. 전 생애가 창조적 열정에 바쳐진 시간들이었다.

멕시코 시인 옥타비오 파스가 말했듯이, 타고르는 '사상가' 이전에 '위대한 시인'이었다. 칠레 시인 파블로 네루다도 스페인 시인 후안 히메네스가 번역한 타고르의 시를 읽고 많은 영향을 받았다. 『기탄잘리』 프랑스어 번역은 앙드레 지드가 했으며, 이를 시작으로 독일어, 스페인어, 아랍어, 중국어, 러시아어 등으로도 번역되었다. 일본에서는 마시노 사브로가 1915년에 최초로 번역 출간했다.

영문판 『기탄잘리Gitanjali』는 벵골어판 『기탄잘리』 157편에서 53편, 그 전후에 발표한 『노래의 꽃목걸이』(기트말리아), 『바침』(나이베디아), 『어린이』(시수), 『건너는 배』(케야) 등의 시집으로부터 50편, 모두 합해 103편의 시를 타고르 자신이 뽑아 직접 영어로 번역한 것이다. 벵골어판에서는 운문 형식이었지만 타고르는 영역하면서 산문시 형태로 바꾸었다. 각각의 시에 제목 대신 번호가 붙어 있으나, 원래는 각각의 시가 따로 쓰인 것이다. 독자는 앞에서부터 차례대로 읽어도 되고, 좋아하는 곳에서부터 읽어도 좋다.

『기탄잘리』의 '기트git'는 노래이고, '안잘리anjali'는 '두 손에 담아 바친다'는 뜻으로, 곧 '노래의 바침'이라는 뜻이다. 시인은 세상 모든 것에서 '님'을 발견하고, 이 세계에 가득한 생명과 아름다움이 '님'의 숨결임을 노래한다. 아내를 떠나 보내고, 어린 자식들을 잃고, 아버지와도 작별하는 극한 고통을 경험한 후의 순수 명상이 시 속에 녹아 있다. 죽음과 상실로 아파하는 '나'는 '내 마음속 가장 깊은 성소에 자리하고' 있는 '님'에게 회귀하기를 갈망한다. '그'는 나의 주인이고, 신이고, 절대자이며, 위안의 손길이다.

『기탄잘리』는 생명과 죽음, 사랑과 영원, 기쁨과 슬픔으로 채색된 마음을 노래한다. 자신을 낮춘 소박하고 솔직한 문장들이 빛을 발하고, 맑은 연못에 언어의 꽃이 만발한 것 같은 느낌을 준다. 『기탄잘리』를 읽는 시간은 순수한 자기 자신으로 돌아가는 시간이다. 시에 사용된 단어들은 단순하고, 감정은 순수하며, 그 속에 담긴 사상은 심오하다. 신을 사랑하고 인간을 사랑하며, 슬픔에서 힘을 발견하고, 생명의 신비에 경이로움을 느끼는 정신이 『기탄잘리』의 시들에 불멸의 매력을 덧보탠다.

『기탄잘리』에 실린 시들은 개별적 자아가 궁극적 자아를 그리워하고 그곳으로 돌아가려는 열망을 노래하고 있다. 『기탄잘리』 속의 '나'는 유한하고 나약한 존재이다. 시에서 고백하고 있듯이 '나'는 부서지기 쉬운 그릇이며, 작은 갈대 피리에 불과하다. 그 '나'를 영원한 존재로 만들고, 그 그릇에 언제나 새로운 생명을 채워 주는 이는 궁극적인 존재인 '당신'이다. 하나의 텅 빈 갈대인 '나'는 무한한 존재인 '당신'이 음악으로

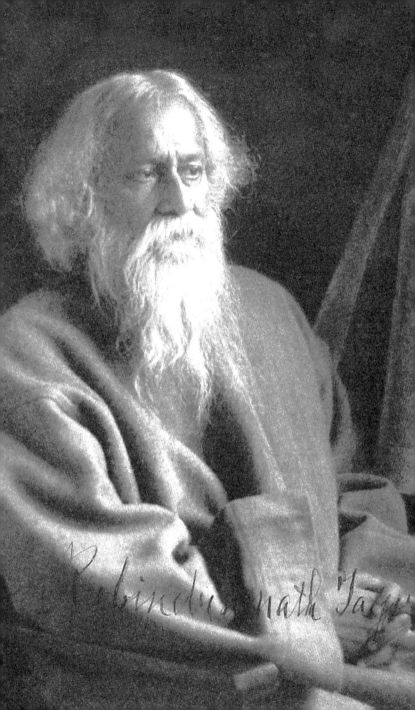

Robindranath Tagore

가득 채워 주기를 기다리는 피리이다. 1921년 C. F. 앤드루스에게 보낸 편지에서 타고르는 이렇게 고백하고 있다.

"내가 이 세상에 삶을 받았을 때, 나는 나에게 주어진 한 줄기의 갈대만을 가지고 있었습니다. 그 갈대는 음악을 만들어 내는 재주밖에 없었습니다. 나는 학교도 제대로 졸업하지 못했고 일도 불완전하게 했지만, 나의 갈대를 갖고 '세상의 조용한 한구석'에서 그 피리를 불었습니다."

우리 모두는 신이 연주하는 작은 갈대 피리인지도 모른다. 우리 인생의 매 순간마다 신의 숨결은 기쁨과 슬픔, 희망과 절망의 변주곡을 연주한다.

이 시집은 1912년 런던의 인도 협회에서 발행한 한정판에 작가가 약간 손을 봐 이듬해 영국 맥밀란 출판사에서 간행한 보급판의 텍스트를 번역본으로 삼았다. 가와나 키요, 와타나베 쇼코의 일본어 번역본들도 참고했다. 2012년, 『기탄잘리』 출간 100주년을 맞아 완성하려고 했던 이 번역 원고가 나의 여행과 다른 원고 작업들 때문에 이제야 세상에 나오게 되었다. 『기탄잘리』를 읽으며 콜카타와 벵골 지역을 여행한 날들도 이 번역 원고의 행간에서 묻어나기를 바란다. 이 시집을 번역하면서, 타고르가 표현했듯이, 나는 자신이 준 것보다 더 많은 것을 받았다.

번역 과정에 많은 도움을 준 인도인 벗들, 추천사를 써 준 주한인도대사관의 비크람 도래스와미 대사, 자료 제공에 힘써 준 아자이 찬드푸리아 공사와 주한인도문화원에게 감사드린다. 그리고 사진과 그림을 제공해 준 델리의 인디라간디국제예술센터에도 감사드린다.

* 타고르의 생애에 관한 이야기는 타고르의 손녀 사위이며 8년 동안 타고르 문학의 번역자로서 타고르와 함께 작업한 크리슈나 크리팔라니가 쓴 『*Rabindranath Tagore: A Biography*』(1962년, 뉴욕 그로브 출판사)를 참고했다. 영국에서 법률을 공부한 크리슈나 크리팔라니는 샨티니케탄에서 교사로 일했으며, 타고르가 창간한 계간지 〈비스바 바라티〉 편집인으로도 일했다. 타고르 자신이 51세에 쓴 자전적 수필 『회상』(지반스 프리티, 영문 제목 『*My Reminiscences*』)의 내용도 참고했다. 아울러 크쉬티스 로이의 저서 『*Rabindranath Tagore: A life story*』, 화가 라탄 파리무가 편집한 『*Rabindranath Tagore: Collection of Essays*』에 실린 산디프 사르카르의 산문 〈*The Last Affair*〉도 참고했다.

추천의 말

　저명한 시인이자 작가인 류시화 시인이 구루데브 라빈드라나트 타고르의 『기탄잘리』 한국어 번역본을 마침내 출간하게 되어 기쁩니다. 새 시대를 위한 이 새로운 번역은 또한 서울에 있는 인도문화원을 통해 제공된 타고르의 사진, 그림들과 함께 위대한 시인의 삶과 시대에 대한 에세이를 포함하고 있습니다.

　이 새 시집을 보면 어떤 독자들은 질문할 것입니다. 한국에 이미 잘 알려진 인도 시인의 널리 번역된 작품인데 또 다른 번역이 필요한가? 이것에 대한 최고의 대답은 다음과 같은 반문일 것입니다. 한 번역을 다른 번역과 다르게 만드는 점은 무엇인가? 즉 번역의 진정한 기능은 무엇인가? 원본 작품에 담긴 정확한 의미를 가능한 한 가깝게 전달하는 문학적 접근이 있습니다. 그리고 특정한 단어의 뜻과 운율을 문학적으로 전달하는 정서적 접근이 있습니다. 류 시인의 번역은 바로 후자의 번역입니다.

　이 시집은 인도의 시성으로 불리는 라빈드라나트 타고르만의 언어와 은유, 진정한 그만의 시각을 담고 있습니다. 또한 시인이자 삶을 여행 중인 여행가 류시화만의 독특한 문학적 감각과 철학적 감성이 번역에 녹아 있습니다. 이것이 이 시집을 새로운 작품으로 만듭니다. 인도를 오랫동안 여행하고 인도의 사상과 문학을 깊이 이해해 온 류 시인의 독특한 삶과 공감력은 내게 이 시집이 분명 그 어떤 『기탄잘리』 번역보다 더 특별한 결실이라는 확신을 줍니다. 이 작품에서 독자들은 동방의 등불인 한국의 재출현을 예언했던 위대한 인도 시인뿐 아니라 한국어로 시를 쓰는 영적 계승자의 목소리를 마주하게 될 것입니다.

주한인도대사

비크람 도라이스와미

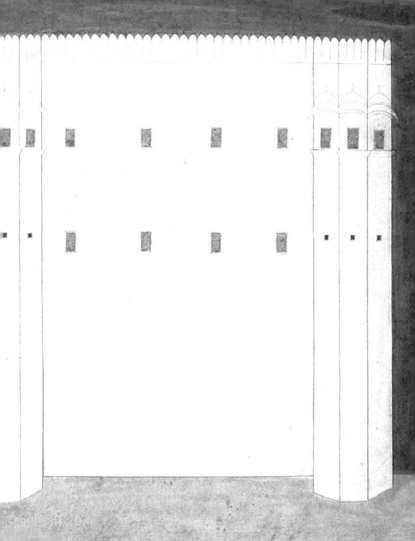

Gitanjali

Rabindranath Tagore

1

THOU hast made me endless, such is thy pleasure. This frail vessel thou emptiest again and again, and fillest it ever with fresh life.

This little flute of a reed thou hast carried over hills and dales, and hast breathed through it melodies eternally new.

At the immortal touch of thy hands my little heart loses its limits in joy and gives birth to utterance ineffable.

Thy infinite gifts come to me only on these very small hands of mine. Ages pass, and still thou pourest, and still there is room to fill.

2

WHEN thou commandest me to sing it seems that my heart would break with pride; and I look to thy face, and tears come to my eyes.

All that is harsh and dissonant in my life melts into one sweet harmony—and my adoration spreads wings like a glad bird on its flight across the sea.

I know thou takest pleasure in my singing. I know that only as a singer I come before thy presence.

I touch by the edge of the far-spreading wing of my song thy feet which I could never aspire to reach.

Drunk with the joy of singing I forget myself and call thee friend who art my lord.

3

I KNOW not how thou singest, my master! I ever listen in silent amazement.

The light of thy music illumines the world. The life breath of thy music runs from sky to sky. The holy stream of thy music breaks through all stony obstacles and rushes on.

My heart longs to join in thy song, but vainly struggles for a voice. I would speak, but speech breaks not into song, and I cry out baffled. Ah, thou hast made my heart captive in the endless meshes of thy music, my master!

4

LIFE of my life, I shall ever try to keep my body pure, knowing that thy living touch is upon all my limbs.

I shall ever try to keep all untruths out from my thoughts, knowing that thou art that truth which has kindled the light of reason in my mind.

I shall ever try to drive all evils away from my heart and keep my love in flower, knowing that thou hast thy seat in the inmost shrine of my heart.

And it shall be my endeavour to reveal thee in my actions, knowing it is thy power gives me strength to act.

5

I ASK for a moment's indulgence to sit by thy side. The works that I have in hand I will finish afterwards.

Away from the sight of thy face my heart knows no rest nor respite, and my work becomes an endless toil in a shoreless sea of toil.

To-day the summer has come at my window with its sighs and murmurs; and the bees are plying their minstrelsy at the court of the flowering grove.

Now it is time to sit quite, face to face with thee, and to sing dedication of life in this silent and overflowing leisure.

6

PLUCK this little flower and take it, delay not! I fear lest it droop and drop into the dust.

I may not find a place in thy garland, but honour it with a touch of pain from thy hand and pluck it. I fear lest the day end before I am aware, and the time of offering go by.

Though its colour be not deep and its smell be faint, use this flower in thy service and pluck it while there is time.

7

MY song has put off her adornments. She has no pride of dress and decoration. Ornaments would mar our union; they would come between thee and me; their jingling would drown thy whispers.

My poet's vanity dies in shame before thy sight. O master poet, I have sat down at thy feet. Only let me make my life simple and straight, like a flute of reed for thee to fill with music.

8

THE child who is decked with prince's robes and who has jewelled chains round his neck loses all pleasure in his play; his dress hampers him at every step.

In fear that it may be frayed, or stained with dust he keeps himself from the world, and is afraid even to move.

Mother, it is no gain, thy bondage of finery, if it keep one shut off from the healthful dust of the earth, if it rob one of the right of entrance to the great fair of common human life.

9

O FOOL, try to carry thyself upon thy own shoulders! O

beggar, to come beg at thy own door!

Leave all thy burdens on his hands who can bear all, and never look behind in regret.

Thy desire at once puts out the light from the lamp it touches with its breath. It is unholy—take not thy gifts through its unclean hands. Accept only what is offered by sacred love.

10

HERE is thy footstool and there rest thy feet where live the poorest, and lowliest, and lost.

When I try to bow to thee, my obeisance cannot reach down to the depth where thy feet rest among the poorest, and lowliest, and lost.

Pride can never approach to where thou walkest in the clothes of the humble among the poorest, and lowliest, and lost.

My heart can never find its way to where thou keepest company with the companionless among the poorest, the lowliest, and the lost.

11

LEAVE this chanting and singing and telling of beads! Whom dost thou worship in this lonely dark corner of a temple with doors all shut? Open thine eyes and see thy God is not before thee!

He is there where the tiller is tilling the hard ground and where the pathmaker is breaking stones. He is with them in sun and in shower, and his garment is covered with dust. Put off thy holy mantle and even like him come down on the dusty soil!

Deliverance? Where is this deliverance to be found? Our

master himself has joyfully taken upon him the bonds of creation; he is bound with us all for ever.

Come out of thy meditations and leave aside thy flowers and incense! What harm is there if thy clothes become tattered and stained? Meet him and stand by him in toil and in sweat of thy brow.

12

THE time that my journey takes is long and the way of it long.

I came out on the chariot of the first gleam of light, and pursued my voyage through the wildernesses of worlds leaving my track on many a star and planet.

It is the most distant course that comes nearest to thyself, and that training is the most intricate which leads to the utter simplicity of a tune.

The traveller has to knock at every alien door to come to his own, and one has to wander through all the outer worlds to reach the innermost shrine at the end.

My eyes strayed far and wide before I shut them and said 'Here art thou!'

The question and the cry 'Oh, where?' melt into tears of a thousand streams and deluge the world with the flood of the assurance 'I am!'

13

THE song that I came to sing remains unsung to this day.

I have spent my days in stringing and in unstringing my instrument.

The time has not come true, the words have not been rightly set; only there is the agony of wishing in my heart.

The blossom has not opened; only the wind is sighing by.

I have not seen his face, nor have I listened to his voice; only I have heard his gentle footsteps from the road before my house.

The livelong day has passed in spreading his seat on the floor; but the lamp has not been lit and I cannot ask him into my house.

I live in the hope of meeting with him; but this meeting is not yet.

14

MY desires are many and my cry is pitiful, but ever didst thou save me by hard refusals; and this strong mercy has been wrought into my life through and through.

Day by day thou art making me worthy of the simple, great gifts that thou gavest to me unasked—this sky and the light, this body and the life and the mind—saving me from perils of overmuch desire.

There are times when I languidly linger and times when I awaken and hurry in search of my goal; but cruelly thou hidest thyself from before me.

Day by day thou art making me worthy of thy full acceptance by refusing me ever and anon, saving me from perils of weak, uncertain desire.

15

I AM here to sing thee songs. In this hall of thine I have a corner seat.

In thy world I have no work to do; my useless life can only break out in tunes without a purpose.

When the hour strikes for thy silent worship at the dark

temple of midnight, command me, my master, to stand before thee to sing.

When in the morning air the golden harp is tuned, honour me, commanding my presence.

16

I HAVE had my invitation to this world's festival, and thus my life has been blessed. My eyes have seen and my ears have heard.

It was my part at this feast to play upon my instrument, and I have done all I could.

Now, I ask, has the time come at last when I may go in and see thy face and offer thee my silent salutation?

17

I AM only waiting for love to give myself up at last into his hands. That is why it is so late and why I have been guilty of such omissions.

They come with their laws and their codes to bind me fast; but I evade them ever, for I am only waiting for love to give myself up at last into his hands.

People blame me and call me heedless; I doubt not they are right in their blame.

The market day is over and work is all done for the busy. Those who came to call me in vain have gone back in anger. I am only waiting for love to give myself up at last into his hands.

18

CLOUDS heap upon clouds and it darkens. Ah, love, why dost thou let me wait outside at the door all alone?

In the busy moments of the noontide work I am with the crowd, but on this dark lonely day it is only for thee that I hope.

If thou showest me not thy face, if thou leavest me wholly aside, I know not how I am to pass these long, rainy hours.

I keep gazing on the far-away gloom of the sky, and my heart wanders wailing with the restless wind.

19

IF thou speakest not I will fill my heart with thy silence and endure it. I will keep still and wait like the night with starry vigil and its head bent low with patience.

The morning will surely come, the darkness will vanish, and thy voice pour down in golden streams breaking through the sky.

Then thy words will take wing in songs from every one of my birds' nests, and thy melodies will break forth in flowers in all my forest groves.

20

ON the day when the lotus bloomed, alas, my mind was straying, and I knew it not. My basket was empty and the flower remained unheeded.

Only now and again a sadness fell upon me, and I started up from my dream and felt a sweet trace of a strange fragrance in the south wind.

That vague sweetness made my heart ache with longing and it seemed to me that it was the eager breath of the summer seeking for its completion.

I knew not that it was so near, that it was mine, and that this perfect sweetness had blossomed in the depth of my own heart.

21

I MUST launch out my boat. The languid hours pass by on the shore—Alas for me!

The spring has done its flowering and taken leave. And now with the burden of faded futile flowers I wait and linger.

The waves have become clamorous, and upon the bank in the shady lane the yellow leaves flutter and fall.

What emptiness do you gaze upon! Do you not feel a thrill passing through the air with the notes of the far-away song floating from the other shore?

22

IN the deep shadows of the rainy July, with secret steps, thou walkest, silent as night, eluding all watchers.

To-day the morning has closed its eyes, heedless of the insistent calls of the loud east wind, and a thick veil has been drawn over the ever-wakeful blue sky.

The woodlands have hushed their songs, and doors are all shut at every house. Thou art the solitary wayfarer in this deserted street. Oh my only friend, my best beloved, the gates are open in my house—do not pass by like a dream.

23

ART thou abroad on this stormy night on thy journey of love, my friend? The sky groans like one in despair.

I have no sleep tonight. Ever and again I open my door and look out on the darkness, my friend!

I can see nothing before me. I wonder where lies thy path!

By what dim shore of the ink-black river, by what far edge of the frowning forest, through what mazy depth of gloom art thou threading thy course to come to me, my friend?

24

IF the day is done, if birds sing no more, if the wind has flagged tired, then draw the veil of darkness thick upon me, even as thou hast wrapt the earth with the coverlet of sleep and tenderly closed the petals of the drooping lotus at dusk.

From the traveller, whose sack of provisions is empty before the voyage is ended, whose garment is torn and dustladen, whose strength is exhausted, remove shame and poverty, and renew his life like a flower under the cover of thy kindly night.

25

IN the night of weariness let me give myself up to sleep without struggle, resting my trust upon thee.

Let me not force my flagging spirit into a poor preparation for thy worship.

It is thou who drawest the veil of night upon the tired eyes of the day to renew its sight in a fresher gladness of awakening.

26

HE came and sat by my side but I woke not. What a cursed sleep it was, O miserable me!

He came when the night was still; he had his harp in his hands, and my dreams became resonant with its melodies.

Alas, why are my nights all thus lost? Ah, why do I ever miss his sight whose breath touches my sleep?

27

LIGHT, oh where is the light? Kindle it with the burning fire of desire!

There is the lamp but never a flicker of a flame—is such thy fate, my heart? Ah, death were better by far for thee!

Misery knocks at thy door, and her message is that thy lord is wakeful, and he calls thee to the love-tryst through the darkness of night.

The sky is overcast with clouds and the rain is ceaseless. I know not what this is that stirs in me—I know not its meaning.

A moment's flash of lightning drags down a deeper gloom on my sight, and my heart gropes for the path to where the music of the night calls me.

Light, oh where is the light! Kindle it with the burning fire of desire! It thunders and the wind rushes screaming through the void. The night is black as a black stone. Let not the hours pass by in the dark. Kindle the lamp of love with thy life.

28

OBSTINATE are the trammels, but my heart aches when I try to break them.

Freedom is all I want, but to hope for it I feel ashamed.

I am certain that priceless wealth is in thee, and that thou art my best friend, but I have not the heart to sweep away the tinsel that fills my room

The shroud that covers me is a shroud of dust and death; I hate it, yet hug it in love.

My debts are large, my failures great, my shame secret and heavy; yet when I come to ask for my good, I quake in fear lest my prayer be granted.

29

HE whom I enclose with my name is weeping in this dungeon. I am ever busy building this wall all around; and as this wall goes up into the sky day by day I lose sight of my true being in its dark shadow.

I take pride in this great wall, and I plaster it with dust and sand lest a least hole should be left in this name; and for all the care I take I lose sight of my true being.

30

I CAME out alone on my way to my tryst. But who is this that follows me in the silent dark?

I move aside to avoid his presence but I escape him not.

He makes the dust rise from the earth with his swagger; he adds his loud voice to every word that I utter.

He is my own little self, my lord, he knows no shame; but I am ashamed to come to thy door in his company.

31

'PRISONER, tell me, who was it that bound you?'

'It was my master,' said the prisoner. 'I thought I could outdo everybody in the world in wealth and power, and I amassed in my own treasure-house the money due to my king. When sleep overcame me I lay upon the bed that was for my lord, and on waking up I found I was a prisoner in my own treasure-house.'

'Prisoner, tell me, who was it that wrought this unbreakable chain?'

'It was I,' said the prisoner, 'who forged this chain very carefully. I thought my invincible power would hold the world captive leaving me in a freedom undisturbed. Thus night and day I worked at the chain with huge fires and cruel hard strokes. When at last the work was done and the links were complete and unbreakable, I found that it held me in its grip.'

32

BY all means they try to hold me secure who love me in this world. But it is otherwise with thy love which is greater than theirs, and thou keepest me free.

Lest I forget them they never venture to leave me alone. But day passes by after day and thou art not seen.

If I call not thee in my prayers, if I keep not thee in my heart, thy love for me still waits for my love.

33

WHEN it was day they came into my house and said, 'We shall only take the smallest room here.'

They said, 'We shall help you in the worship of your God and humbly accept only our own share in his grace'; and then they took their seat in a corner and they sat quiet and meek.

But in the darkness of night I find they break into my sacred shrine, strong and turbulent, and snatch with unholy greed the offerings from God's altar.

34

LET only that little be left of me whereby I may name thee my all.

Let only that little be left of my will whereby I may feel thee on every side, and come to thee in everything, and offer to thee my love every moment.

Let only that little be left of me whereby I may never hide thee.

Let only that little of my fetters be left whereby I am bound with thy will, and thy purpose is carried out in my life—and that is the fetter of thy love.

35

WHERE the mind is without fear and the head is held high;

Where knowledge is free;

Where the world has not been broken up into fragments by narrow domestic walls;

Where words come out from the depth of truth;

Where tireless striving stretches its arms towards perfection;

Where the clear stream of reason has not lost its way into the dreary desert sand of dead habit;

Where the mind is led forward by thee into ever-widening thought and action—

Into that heaven of freedom, my Father, let my country awake.

36

THIS is my prayer to thee, my lord—strike, strike at the root of penury in my heart.

Give me the strength lightly to bear my joys and sorrows.

Give me the strength to make my love fruitful in service.

Give me the strength never to disown the poor or bend my knees before insolent might.

Give me the strength to raise my mind high above daily trifles.

And give me the strength to surrender my strength to thy will with love.

37

I THOUGHT that my voyage had come to its end at the last limit of my power,—that the path before me was closed, that provisions were exhausted and the time come to take shelter in a silent obscurity.

But I find that thy will knows no end in me. And when old words die out on the tongue, new melodies break forth from the heart; and where the old tracks are lost, new country is revealed with its wonders.

38

THAT I want thee, only thee—let my heart repeat without end. All desires that distract me, day and night, are false and empty to the core.

As the night keeps hidden in its gloom the petition for light, even thus in the depth of my unconsciousness rings the cry—'I want thee, only thee'.

As the storm still seeks its end in peace when it strikes against peace with all its might, even thus my rebellion strikes against thy love and still its cry is—'I want thee, only thee'.

39

WHEN the heart is hard and parched up, come upon me with a shower of mercy.

When grace is lost from life, come with a burst of song.

When tumultuous work raises its din on all sides shutting me out from beyond, come to me, my lord of silence, with thy peace and rest.

When my beggarly heart sits crouched, shut up in a corner, break open the door, my king, and come with the ceremony of a king.

When desire blinds the mind with delusion and dust, thou holy one, thou wakeful, come with thy light and thy thunder.

40

THE rain has held back for days and days, my God, in my

arid heart. The horizon is fiercely naked—not the thinnest cover of a soft cloud, not the vaguest hint of a distant cool shower.

Send thy angry storm, dark with death, if it is thy wish, and with lashes of lightning startle the sky from end to end.

But call back, my lord, call back this pervading silent heat, still and keen and cruel, burning the heart with dire despair.

Let the cloud of grace bend low from above like the tearful look of the mother on the day of the father's wrath.

41

WHERE dost thou stand behind them all, my lover, hiding thyself in the shadows? They push thee and pass thee by on the dusty road, taking thee for naught. I wait here weary hours spreading my offerings for thee, while passers-by come and take my flowers, one by one, and my basket is nearly empty.

The morning time is past, and the noon. In the shade of evening my eyes are drowsy with sleep. Men going home glance at me and smile and fill me with shame. I sit like a beggar maid, drawing my skirt over my face, and when they ask me, what it is I want, I drop my eyes and answer them not.

Oh, how, indeed, could I tell them that for thee I wait, and that thou hast promised to come. How could I utter for shame that I keep for my dowry this poverty. Ah, I hug this pride in the secret of my heart.

I sit on the grass and gaze upon the sky and dream of the sudden splendour of thy coming—all the lights ablaze, golden pennons flying over thy car, and they at the roadside standing agape, when they see thee come down from thy seat to raise me from the dust, and set at thy side this ragged beggar girl atremble with shame and pride, like a creeper in a summer breeze.

But time glides on and still no sound of the wheels of thy chariot. Many a procession passes by with noise and shouts and glamour of glory. Is it only thou who wouldst stand in the shadow silent and behind them all? And only I who would wait and weep and wear out my heart in vain longing?

42

EARLY in the day it was whispered that we should sail in a boat, only thou and I, and never a soul in the world would know of this our pilgrimage to no country and to no end.

In that shoreless ocean, at thy silently listening smile my songs would swell in melodies, free as waves, free from all bondage of words.

Is the time not come yet? Are there works still to do? Lo, the evening has come down upon the shore and in the fading light the seabirds come flying to their nests.

Who knows when the chains will be off, and the boat, like the last glimmer of sunset, vanish into the night?

43

THE day was when I did not keep myself in readiness for thee; and entering my heart unbidden even as one of the common crowd, unknown to me, my king, thou didst press the signet of eternity upon many a fleeting moment of my life.

And to-day when by chance I light upon them and see thy signature, I find they have lain scattered in the dust mixed with the memory of joys and sorrows of my trivial days forgotten.

Thou didst not turn in contempt from my childish play among dust, and the steps that I heard in my playroom are the same that are echoing from star to star.

44

THIS is my delight, thus to wait and watch at the wayside where shadow chases light and the rain comes in the wake of the summer.

Messengers, with tidings from unknown skies, greet me and speed along the road. My heart is glad within, and the breath of the passing breeze is sweet.

From dawn till dusk I sit here before my door, and I know that of a sudden the happy moment will arrive when I shall see.

In the meanwhile I smile and I sing all alone. In the meanwhile the air is filling with the perfume of promise.

45

HAVE you not heard his silent steps? He comes, comes, ever comes.

Every moment and every age, every day and every night he comes, comes, ever comes.

Many a song have I sung in many a mood of mind, but all their notes have always proclaimed, 'He comes, comes, ever comes.'

In the fragrant days of sunny April through the forest path he comes, comes, ever comes.

In the rainy gloom of July nights on the thundering chariot of clouds he comes, comes, ever comes.

In sorrow after sorrow it is his steps that press upon my heart, and it is the golden touch of his feet that makes my joy to shine.

46

I KNOW not from what distant time thou art ever coming nearer to meet me. Thy sun and stars can never keep thee hidden from me for aye.

In many a morning and eve thy footsteps have been heard and thy messenger has come within my heart and called me in secret.

I know not only why to-day my life is all astir, and a feeling of tremulous joy is passing through my heart.

It is as if the time were come to wind up my work, and I feel in the air a faint smell of thy sweet presence.

THE night is nearly spent waiting for him in vain. I fear lest in the morning he suddenly come to my door when I have fallen asleep wearied out. Oh friends, leave the way open to him—forbid him not.

If the sounds of his steps does not wake me, do not try to rouse me, I pray. I wish not to be called from my sleep by the clamorous choir of birds, by the riot of wind at the festival of morning light. Let me sleep undisturbed even if my lord comes of a sudden to my door.

Ah, my sleep, precious sleep, which only waits for his touch to vanish. Ah, my closed eyes that would open their lids only to the light of his smile when he stands before me like a dream emerging from darkness of sleep.

Let him appear before my sight as the first of all lights and all forms. The first thrill of joy to my awakened soul let it come from his glance. And let my return to myself be immediate return to him.

THE morning sea of silence broke into ripples of bird songs; and the flowers were all merry by the roadside; and the wealth of gold was scattered through the rift of the clouds while we busily went on our way and paid no heed.

We sang no glad songs nor played; we went not to the village for barter; we spoke not a word nor smiled; we lingered not on the way. We quickened our pace more and more as the time sped by.

The sun rose to the mid sky and doves cooed in the shade. Withered leaves danced and whirled in the hot air of noon. The shepherd boy drowsed and dreamed in the shadow of the banyan tree, and I laid myself down by the water and stretched my tired limbs on the grass.

My companions laughed at me in scorn; they held their heads high and hurried on; they never looked back nor rested; they vanished in the distant blue haze. They crossed many meadows and hills, and passed through strange, far-away countries. All honour to you, heroic host of the interminable path! Mockery and reproach pricked me to rise, but found no response in me. I gave myself up for lost in the depth of a glad humiliation—in the shadow of a dim delight.

The repose of the sun-embroidered green gloom slowly spread over my heart. I forgot for what I had travelled, and I surrendered my mind without struggle to the maze of shadows and songs.

At last, when I woke from my slumber and opened my eyes, I saw thee standing by me, flooding my sleep with thy smile. How I had feared that the path was long and wearisome, and the struggle to reach thee was hard!

YOU came down from your throne and stood at my cottage door.

I was singing all alone in a corner, and the melody caught your ear. You came down and stood at my cottage door.

Masters are many in your hall, and songs are sung there at all hours. But the simple carol of this novice struck at your love. One plaintive little strain mingled with the great music of the world, and with a flower for a prize you came down and stopped at my cottage door.

I HAD gone abegging from door to door in the village path, when thy golden chariot appeared in the distance like a gorgeous dream and I wondered who was this King of all kings!

My hopes rose high and methought my evil days were at an end, and I stood waiting for alms to be given unasked and for wealth scattered on all sides in the dust.

The chariot stopped where I stood. Thy glance fell on me and thou camest down with a smile. I felt that the luck of my life had come at last. Then of a sudden thou didst hold out thy right hand and say 'What hast thou to give to me?'

Ah, what a kingly jest was it to open thy palm to a beggar to beg! I was confused and stood undecided, and then from my wallet I slowly took out the least little grain of corn and gave it to thee.

But how great my surprise when at the day's end I emptied my bag on the floor to find a least little gram of gold among the poor heap. I bitterly wept and wished that I had had the heart to give thee my all.

51

THE night darkened. Our day's works had been done. We thought that the last guest had arrived for the night and the doors in the village were all shut. Only some said the king was to come. We laughed and said 'No, it cannot be!'

It seemed there were knocks at the door and we said it was nothing but the wind. We put out the lamps and lay down to sleep. Only some said, 'It is the messenger!' We laughed and said 'No, it must be the wind!'

There came a sound in the dead of the night. We sleepily thought it was the distant thunder. The earth shook, the walls rocked, and it troubled us in our sleep. Only some said it was the sound of wheels. We said in a drowsy murmur, 'No, it must be the rumbling of clouds!'

The night was still dark when the drum sounded. The voice came 'Wake up! delay not!' We pressed our hands on our hearts and shuddered with fear. Some said, 'Lo, there is the king's flag!' We stood up on our feet and cried 'There is no time for delay!'

The king has come—but where are lights, where are wreaths? Where is the throne to seat him? Oh, shame! Oh utter shame! Where is the hall, the decorations? Someone has said, 'Vain is this cry! Greet him with empty hands, lead him into thy rooms all bare!'

Open the doors, let the conch-shells be sounded! in the depth of the night has come the king of our dark, dreary house. The thunder roars in the sky. The darkness shudders with lightning. Bring out thy tattered piece of mat and spread it in the courtyard. With the storm has come of a sudden our king of the fearful night.

I THOUGHT I should ask of thee—but I dared not—the rose wreath thou hadst on thy neck. Thus I waited for the morning, when thou didst depart, to find a few fragments on the bed. And like a beggar I searched in the dawn only for a stray petal or two.

Ah me, what is it I find? What token left of thy love? It is no flower, no spices, no vase of perfumed water. It is thy mighty sword, flashing as a flame, heavy as a bolt of thunder. The young light of morning comes through the window and spread itself upon thy bed. The morning bird twitters and asks, 'Woman, what hast thou got?' No, it is no flower, nor spices, nor vase of perfumed water—it is thy dreadful sword.

I sit and muse in wonder, what gift is this of thine. I can find no place to hide it. I am ashamed to wear it, frail as I am, and it hurts me when press it to my bosom. Yet shall I bear in my heart this honour of the burden of pain, this gift of thine.

From now there shall be no fear left for me in this world, and thou shalt be victorious in all my strife. Thou hast left death for my companion and I shall crown him with my life. Thy sword is with me to cut asunder my bonds, and there shall be no fear left for me in the world.

From now I leave off all petty decorations. Lord of my heart, no more shall there be for me waiting and weeping in corners, no more coyness and sweetness of demeanour. Thou hast given me thy sword for adornment. No more doll's decorations for me!

BEAUTIFUL is thy wristlet, decked with stars and cunningly wrought in myriad-coloured jewels. But more beautiful to me thy sword with its curve of lightning like the outspread wings of the divine bird of Vishnu, perfectly poised in the angry red light of the sunset.

It quivers like the one last response of life in ecstasy of pain at the final stroke of death; it shines like the pure flame of being burning up earthly sense with one fierce flash.

Beautiful is thy wristlet, decked with starry gems; but thy sword, O lord of thunder, is wrought with uttermost beauty, terrible to behold or think of.

54

I ASKED nothing from thee; I uttered not my name to thine ear. When thou took'st thy leave I stood silent. I was alone by the well where the shadow of the tree fell aslant, and the women had gone home with their brown earthen pitchers full to the brim. They called me and shouted, 'Come with us, the morning is wearing on to noon.' But I languidly lingered awhile lost in the midst of vague musings.

I heard not thy steps as thou camest. Thine eyes were sad when they fell on me; thy voice was tired as thou spokest low—'Ah, I am a thirsty traveller.' I started up from my day-dreams and poured water from my jar on thy joined palms. The leaves rustled overhead; the cuckoo sang from the unseen dark, and perfume of babla flowers came from the bend of the road.

I stood speechless with shame when my name thou did ask. Indeed, what had I done for thee to keep me in remembrance? But the memory that I could give water to thee to allay thy thirst will cling to my heart and enfold it in sweetness. The morning hour is late, the bird sings in weary notes, neem leaves rustle overhead and I sit and think and think.

LANGUOR is upon your heart and the slumber is still on your eyes. Has not the word come to you that the flower is reigning in splendour among thorns? Wake, oh awaken! let not the time pass in vain!

At the end of the stony path, in the country of virgin solitude, my friend is sitting all alone. Deceive him not. Wake, oh awaken!

What if the sky pants and trembles with the heat of the midday sun—what if the burning sand spreads its mantle of thirst—

Is there no joy in the deep of your heart? At every footfall of yours, will not the harp of the road break out in sweet music of pain?

56

THUS it is that thy joy in me is so full. Thus it is that thou hast come down to me. O thou lord of all heavens, where would be thy love if I were not?

Thou hast taken me as thy partner of all this wealth. In my heart is the endless play of thy delight. In my life thy will is ever taking shape.

And for this, thou who art the King of kings hast decked thyself in beauty to captivate my heart. And for this thy love loses itself in the love of thy lover, and there art thou seen in the perfect union of two.

57

LIGHT, my light, the world-filling light, the eye-kissing light, heart-sweetening light!

Ah, the light dances, my darling, at the centre of my life; the light strikes, my darling, the chords of my love; the sky opens, the wind runs wild, laughter passes over the earth.

The butterflies spread their sails on the sea of light. Lilies and jasmines surge up on the crest of the waves of light.

The light is shattered into gold on every cloud, my darling, and it scatters gems in profusion.

Mirth spreads from leaf to leaf, my darling, and gladness without measure. The heaven's river has drowned its banks and the flood of joy is abroad.

58

LET all the strains of joy mingle in my last song—the joy that makes the earth flow over in the riotous excess of the grass, the joy that sets the twin brothers, life and death, dancing over the wide world, the joy that sweeps in with the tempest, shaking and waking all life with laughter, the joy that sits still with its tears on the open red lotus of pain, and the joy that throws everything it has upon the dust, and knows not a word.

59

YES, I know, this is nothing but thy love, O beloved of my heart—this golden light that dances upon the leaves, these idle clouds sailing across the sky, this passing breeze leaving its coolness upon my forehead.

The morning light has flooded my eyes—this is thy message to my heart. Thy face is bent from above, thy eyes look down on my eyes, and my heart has touched thy feet.

60

ON the seashore of endless worlds children meet. The infinite sky is motionless overhead and the restless water is boisterous. On the seashore of endless worlds the children meet with shouts and dances.

They build their houses with sand and they play with empty shells. With withered leaves they weave their boats and smilingly float them on the vast deep. Children have their play on the seashore of worlds.

They know not how to swim, they know not how to cast nets. Pearl fishers dive for pearls, merchants sail in their ships, while children gather pebbles and scatter them again. they seek not for hidden treasures, they know not how to cast nets.

The sea surges up with laughter and pale gleams the smile of the sea beach. Death-dealing waves sing meaningless ballads to the children, even like a mother while rocking her baby's cradle. The sea plays with children, and pale gleams the smile of the sea beach.

On the seashore of endless worlds children meet. Tempest roams in the pathless sky, ships get wrecked in the trackless water, death is abroad and children play. On the seashore of endless worlds is the great meeting of children.

61

THE sleep that flits on baby's eyes—does anybody know from where it comes? Yes, there is a rumour that it has its dwelling where, in the fairy village among shadows of the forest dimly lit with glow-worms, there hang two timid buds of enchantment. From there it comes to kiss baby's eyes.

The smile that flickers on baby's lips when he sleeps—does anybody know where it was born? Yes, there is a rumour that a young pale beam of a crescent moon touched the edge of a vanishing autumn cloud, and there the smile was first born in the dream of a dew-washed morning—the smile that flickers on baby's lips when he sleeps.

The sweet, soft freshness that blooms on baby's limbs—does anybody know where it was hidden so long? Yes, when the mother was a young girl it lay pervading her heart in tender and silent mystery of love—the sweet, soft freshness that has bloomed on baby's limbs.

62

WHEN I bring to you coloured toys, my child, I understand why there is such a play of colours on clouds, on water, and why flowers are painted in tints—when I give coloured toys to you, my child.

When I sing to make you dance I truly now why there is music in leaves, and why waves send their chorus of voices to the heart of the listening earth—when I sing to make you dance.

When I bring sweet things to your greedy hands I know why there is honey in the cup of the flowers and why fruits are secretly filled with sweet juice—when I bring sweet things to your greedy hands.

When I kiss your face to make you smile, my darling, I surely understand what pleasure streams from the sky in morning light, and what delight that is that is which the summer breeze brings to my body—when I kiss you to make you smile.

63

THOU hast made me known to friends whom I knew not. Thou hast given me seats in homes not my own. Thou hast brought the distant near and made a brother of the stranger.

I am uneasy at heart when I have to leave my accustomed shelter; I forget that there abides the old in the new, and that there also thou abidest.

Through birth and death, in this world or in others, wherever thou leadest me it is thou, the same, the one companion of my endless life who ever linkest my heart with bonds of joy to the unfamiliar.

When one knows thee, then alien there is none, then no door is shut. Oh, grant me my prayer that I may never lose the bliss of the touch of the one in the play of many.

64

ON the slope of the desolate river among tall grasses I asked her, 'Maiden, where do you go shading your lamp with your mantle? My house is all dark and lonesome—lend me your light!' she raised her dark eyes for a moment and looked at my face through the dusk. 'I have come to the river,' she said, 'to float my lamp on the stream when the daylight wanes in the west.' I stood alone among tall grasses and watched the timid flame of her lamp uselessly drifting in the tide.

In the silence of gathering night I asked her, 'Maiden, your lights are all lit—then where do you go with your lamp? My house is all dark and lonesome—lend me your light.' She raised her dark eyes on my face and stood for a moment doubtful. 'I have come,' she said at last, 'to dedicate my lamp to the sky.' I stood and watched her light uselessly burning in the void.

In the moonless gloom of midnight I ask her, 'Maiden, what is your quest, holding the lamp near your heart? My house is all dark and lonesome—lend me your light.' She stopped for a minute and thought and gazed at my face in the dark. 'I have brought my light,' she said, 'to join the carnival of lamps.' I stood and watched her little lamp uselessly lost among lights.

65

WHAT divine drink wouldst thou have, my God, from this overflowing cup of my life?

My poet, is it thy delight to see thy creation through my eyes and to stand at the portals of my ears silently to listen to thine own eternal harmony?

Thy world is weaving words in my mind and thy joy is adding music to them. Thou givest thyself to me in love and then feelest thine own entire sweetness in me.

66

SHE who ever had remained in the depth of my being, in the twilight of gleams and of glimpses; she who never opened her veils in the morning light, will be my last gift to thee, my God, folded in my final song.

Words have wooed yet failed to win her; persuasion has stretched to her its eager arms in vain.

I have roamed from country to country keeping her in the core of my heart, and around her have risen and fallen the growth and decay of my life.

Over my thoughts and actions, my slumbers and dreams, she reigned yet dwelled alone and apart.

Many a man knocked at my door and asked for her and turned away in despair.

There was none in the world who ever saw her face to face, and she remained in her loneliness waiting for thy recognition.

67

Thou art the sky and thou art the nest as well.

O thou beautiful, there in the nest is thy love that encloses the soul with colours and sounds and odours.

There comes the morning with the golden basket in her right hand bearing the wreath of beauty, silently to crown the earth.

And there comes the evening over the lonely meadows deserted by herds, through trackless paths, carrying cool draughts of peace in her golden pitcher from the western ocean of rest.

But there, where spreads the infinite sky for the soul to take her flight in, reigns the stainless white radiance. There is no day nor night, nor form nor colour, and never, never a word.

68

THY sunbeam comes upon this earth of mine with arms outstretched and stands at my door the livelong day to carry back to thy feet clouds made of my tears and sighs and songs.

With fond delight thou wrappest about thy starry breast that mantle of misty cloud, turning it into numberless shapes and folds and colouring it with hues everchanging.

It is so light and so fleeting, tender and tearful and dark, that is why thou lovest it, O thou spotless and serene. And that is why it may cover thy awful white light with its pathetic shadows.

69

THE same stream of life that runs through my veins night and day runs through the world and dances in rhythmic measures.

It is the same life that shoots in joy through the dust of the earth in numberless blades of grass and breaks into tumultuous waves of leaves and flowers.

It is the same life that is rocked in the ocean-cradle of birth and of death, in ebb and in flow.

I feel my limbs are made glorious by the touch of this world of life. And my pride is from the life-throb of ages dancing in my blood this moment.

70

IS it beyond thee to be glad with the gladness of this rhythm? to be tossed and lost and broken in the whirl of this fearful joy?

All things rush on, they stop not, they look not behind, no power can hold them back, they rush on.

Keeping steps with that restless, rapid music, seasons come dancing and pass away—colours, tunes, and perfumes pour in endless cascades in the abounding joy that scatters and gives up and dies every moment.

71

THAT I should make much of myself and turn it on all sides, thus casting coloured shadows on thy radiance—such is thy maya.

Thou settest a barrier in thine own being and then callest thy severed self in myriad notes. This thy self-separation has taken body in me.

The poignant song is echoed through all the sky in many-coloured tears and smiles, alarms and hopes; waves rise up and sink again, dreams break and form. In me is thy own defeat of self.

This screen that thou hast raised is painted with innumerable figures with the brush of the night and the day. Behind it thy seat is woven in wondrous mysteries of curves, casting away all barren lines of straightness.

The great pageant of thee and me has overspread the sky. With the tune of thee and me all the air is vibrant, and all ages pass with the hiding and seeking of thee and me.

72

HE it is, the innermost one, who awakens my being with his deep hidden touches.

He it is who puts his enchantment upon these eyes and joyfully plays on the chords of my heart in varied cadence of pleasure and pain.

He it is who weaves the web of this maya in evanescent hues of gold and silver, blue and green, and lets peep out through the folds his feet, at whose touch I forget myself.

Days come and ages pass, and it is ever he who moves my heart in many a name, in many a guise, in many a rapture of joy and of sorrow.

73

Deliverance is not for me in renunciation. I feel the embrace of freedom in a thousand bonds of delight.

Thou ever pourest for me the fresh draught of thy wine of various colours and fragrance, filling this earthen vessel to the brim.

My world will light its hundred different lamps with thy flame and place them before the altar of thy temple.

No, I will never shut the doors of my senses. The delights of sight and hearing and touch will bear thy delight.

Yes, all my illusions will burn into illumination of joy, and all my desires ripen into fruits of love.

74

THE day is no more, the shadow is upon the earth. It is time that I go to the stream to fill my pitcher.

The evening air is eager with the sad music of the water. Ah, it calls me out into the dusk. In the lonely lane there is no passer-by, the wind is up, the ripples are rampant in the river.

I know not if I shall come back home. I know not whom I shall chance to meet. There at the fording in the little boat the unknown man plays upon his lute.

75

THY gifts to us mortals fulfil all our needs and yet run back to thee undiminished.

The river has its everyday work to do and hastens through fields and hamlets; yet its incessant stream winds towards the washing of thy feet.

The flower sweetens the air with its perfume; yet its last service is to offer itself to thee.

Thy worship does not impoverish the world.

From the words of the poet men take what meanings please them; yet their last meaning points to thee.

76

DAY after day, O lord of my life, shall I stand before thee face to face. With folded hands, O lord of all worlds, shall I stand before thee face to face.

Under thy great sky in solitude and silence, with humble heart shall I stand before thee face to face.

In this laborious world of thine, tumultuous with toil and with struggle, among hurrying crowds shall I stand before thee face to face.

And when my work shall be done in this world, O King of kings, alone and speechless shall I stand before thee face to face.

77

I KNOW thee as my God and stand apart—I do not know thee as my own and come closer. I know thee as my father and bow before thy feet—I do not grasp thy hand as my friend's.

I stand not where thou comest down and ownest thyself as mine, there to clasp thee to my heart and take thee as my comrade.

Thou art the Brother amongst my brothers, but I heed them not, I divide not my earnings with them, thus sharing my all with thee.

In pleasure and in pain I stand not by the side of men, and thus stand by thee. I shrink to give up my life, and thus do not plunge into the great waters of life.

78

WHEN the creation was new and all the stars shone in their first splendour, the gods held their assembly in the sky and sang 'Oh, the picture of perfection! the joy unalloyed!'

But one cried of a sudden—'It seems that somewhere there is a break in the chain of light and one of the stars has been lost.'

The golden string of their harp snapped, their song stopped, and they cried in dismay—'Yes, that lost star was the best, she was the glory of all heavens!'

From that day the search is unceasing for her, and the cry goes on from one to the other that in her the world has lost its one joy!

Only in the deepest silence of night the stars smile and whisper among themselves—'Vain is this seeking! unbroken perfection is over all!'

79

IF it is not my portion to meet thee in this life then let me ever feel that I have missed thy sight—let me not forget for a moment, let me carry the pangs of this sorrow in my dreams and in my wakeful hours.

As my days pass in the crowded market of this world and my hands grow full with the daily profits, let me ever feel that I have gained nothing—let me not forget for a moment, let me carry the pangs of this sorrow in my dreams and in my wakeful hours.

When I sit by the roadside, tired and panting, when I spread my bed low in the dust, let me ever feel that the long journey is still before me—let me not forget a moment, let me carry the pangs of this sorrow in my dreams and in my wakeful hours.

When my rooms have been decked out and the flutes sound and the laughter there is loud, let me ever feel that I have not invited thee to my house—let me not forget for a moment, let me carry the pangs of this sorrow in my dreams and in my wakeful hours.

80

I AM like a remnant of a cloud of autumn uselessly roaming in the sky, O my sun ever-glorious! Thy touch has not yet melted my vapour, making me one with thy light, and thus I count months and years separated from thee.

If this be thy wish and if this be thy play, then take this fleeting emptiness of mine, paint it with colours, gild it with gold, float it on the wanton wind and spread it in varied wonders.

And again when it shall be thy wish to end this play at night, I shall melt and vanish away in the dark, or it may be in a smile of the white morning, in a coolness of purity transparent.

81

ON many an idle day have I grieved over lost time. But it is never lost, my lord. Thou hast taken every moment of my life in thine own hands.

Hidden in the heart of things thou art nourishing seeds into sprouts, buds into blossoms, and ripening flowers into fruitfulness.

I was tired and sleeping on my idle bed and imagined all work had ceased. In the morning I woke up and found my garden full with wonders of flowers.

82

TIME is endless in thy hands, my lord. There is none to count thy minutes.

Days and nights pass and ages bloom and fade like flowers. Thou knowest how to wait.

Thy centuries follow each other perfecting a small wild flower.

We have no time to lose, and having no time we must scramble for a chances. We are too poor to be late.

And thus it is that time goes by while I give it to every querulous man who claims it, and thine altar is empty of all offerings to the last.

At the end of the day I hasten in fear lest thy gate to be shut; but I find that yet there is time.

83

MOTHER, I shall weave a chain of pearls for thy neck with my tears of sorrow.

The stars have wrought their anklets of light to deck thy feet, but mine will hang upon thy breast.

Wealth and fame come from thee and it is for thee to give or to withhold them. But this my sorrow is absolutely mine own, and when I bring it to thee as my offering thou rewardest me with thy grace.

84

It is the pang of separation that spreads throughout the world and gives birth to shapes innumerable in the infinite sky.

IT is this sorrow of separation that gazes in silence all nights from star to star and becomes lyric among rustling leaves in rainy darkness of July.

It is this overspreading pain that deepens into loves and desires, into sufferings and joy in human homes; and this it is that ever melts and flows in songs through my poet's heart.

85

WHEN the warriors came out first from their master's hall, where had they hid their power? Where were their armour and their arms?

They looked poor and helpless, and the arrows were showered upon them on the day they came out from their master's hall.

When the warriors marched back again to their master's hall where did they hide their power?

They had dropped the sword and dropped the bow and the arrow; peace was on their foreheads, and they had left the fruits of their life behind them on the day they marched back again to their master's hall.

86

DEATH, thy servant, is at my door. He has crossed the unknown sea and brought thy call to my home.

The night is dark and my heart is fearful—yet I will take up the lamp, open my gates and bow to him my welcome. It is thy messenger who stands at my door.

I will worship him with folded hands, and with tears. I will worship him placing at his feet the treasure of my heart.

He will go back with his errand done, leaving a dark shadow on my morning; and in my desolate home only my forlorn self will remain as my last offering to thee.

87

In desperate hope I go and search for her in all the corners of my room; I find her not.

My house is small and what once has gone from it can never be regained.

But infinite is thy mansion, my lord, and seeking her I have come to thy door.

I stand under the golden canopy of thine evening sky and I lift my eager eyes to thy face.

I have come to the brink of eternity from which nothing can vanish no hope, no happiness, no vision of a face seen through tears.

Oh, dip my emptied life into that ocean, plunge it into the deepest fullness. Let me for once feel that lost sweet touch in the allness of the universe.

88

DEITY of the ruined temple! The broken strings of Vina sing no more your praise. The bells in the evening proclaim not your time of worship. The air is still and silent about you.

In your desolate dwelling comes the vagrant spring breeze. It brings the tidings of flowers—the flowers that for your worship are offered no more.

Your worshipper of old wanders ever longing for favour still refused. In the eventide, when fires and shadows mingle with the gloom of dust, he wearily comes back to the ruined temple with hunger in his heart.

Many a festival day comes to you in silence, deity of the ruined temple. Many a night of worship goes away with lamp unlit.

Many new images are built by masters of cunning art and carried to the holy stream of oblivion when their time is come.

Only the deity of the ruined temple remains unworshipped in deathless neglect.

89

NO more noisy, loud words from me—such is my master's will. Henceforth I deal in whispers. The speech of my heart will be carried on in murmurings of a song.

Men hasten to the King's market. All the buyers and sellers

are there. But I have my untimely leave in the middle of the day, in the thick of work.

Let then the flowers come out in my garden, though it is not their time; and let the midday bees strike up their lazy hum.

Full many an hour have I spent in the strife of the good and the evil, but now it is the pleasure of my playmate of the empty days to draw my heart on to him; and I know not why is this sudden call to what useless inconsequence!

90

ON the day when death will knock at thy door what wilt thou offer to him?

Oh, I will set before my guest the full vessel of my life—I will never let him go with empty hands.

All the sweet vintage of all my autumn days and summer nights, all the earnings and gleanings of my busy life will I place before him at the close of my days when death will knock at my door.

91

O THOU the last fulfilment of life, Death, my death, come and whisper to me!

Day after day I have kept watch for thee; for thee have I borne the joys and pangs of life.

All that I am, that I have, that I hope and all my love have ever flowed towards thee in depth of secrecy. One final glance from thine eyes and my life will be ever thine own.

The flowers have been woven and the garland is ready for the bridegroom. After the wedding the bride shall leave her home and meet her lord alone in the solitude of night.

92

I KNOW that the day will come when my sight of this earth shall be lost, and life will take its leave in silence, drawing the last curtain over my eyes.

Yet stars will watch at night, and morning rise as before, and hours heave like sea waves casting up pleasures and pains.

When I think of this end of my moments, the barrier of the moments breaks and I see by the light of death thy world with its careless treasures. Rare is its lowliest seat, rare is its meanest of lives.

Things that I longed for in vain and things that I got—let them pass. Let me but truly possess the things that I ever spurned and overlooked.

93

I HAVE got my leave. Bid me farewell, my brothers! I bow to you all and take my departure.

Here I give back the keys of my door—and I give up all claims to my house. I only ask for last kind words from you.

We were neighbours for long, but I received more than I could give. Now the day has dawned and the lamp that lit my dark corner is out. A summons has come and I am ready for my journey.

94

AT this time of my parting, wish me good luck, my friends! The sky is flushed with the dawn and my path lies beautiful.

Ask not what I have with me to take there. I start on my journey with empty hands and expectant heart.

I shall put on my wedding garland. Mine is not the red-brown dress of the traveller, and though there are dangers on the way I have no fear in mind.

The evening star will come out when my voyage is done and the plaintive notes of the twilight melodies be struck up from the King's gateway.

95

I WAS not aware of the moment when I first crossed the threshold of this life.

What was the power that made me open out into this vast mystery like a bud in the forest at midnight!

When in the morning I looked upon the light I felt in a moment that I was no stranger in this world, that the inscrutable without name and form had taken me in its arms in the form of my own mother.

Even so, in death the same unknown will appear as ever known to me. And because I love this life, I know I shall love death as well.

The child cries out when from the right breast the mother takes it away, in the very next moment to find in the left one its consolation.

96

WHEN I go from hence let this be my parting word, that what I have seen is unsurpassable.

I have tasted of the hidden honey of this lotus that expands on the ocean of light, and thus am I blessed—let this be my parting word.

In this playhouse of infinite forms I have had my play and here have I caught sight of him that is formless.

My whole body and my limbs have thrilled with his touch

who is beyond touch; and if the end comes here, let it come—let this be my parting word.

97

WHEN my play was with thee I never questioned who thou wert. I knew nor shyness nor fear, my life was boisterous.

In the early morning thou wouldst call me from my sleep like my own comrade and lead me running from glade to glade.

On those days I never cared to know the meaning of songs thou sangest to me. Only my voice took up the tunes, and my heart danced in their cadence.

Now, when the playtime is over, what is this sudden sight that is come upon me? The world with eyes bent upon thy feet stands in awe with all its silent stars.

98

I WILL deck thee with trophies, garlands of my defeat. It is never in my power to escape unconquered.

I surely know my pride will go to the wall, my life will burst its bonds in exceeding pain, and my empty heart will sob out in music like a hollow reed, and the stone will melt in tears.

I surely know the hundred petals of a lotus will not remain closed for ever and the secret recess of its honey will be bared.

From the blue sky an eye shall gaze upon me and summon me in silence. Nothing will be left for me, nothing whatever, and utter death shall I receive at thy feet.

99

WHEN I give up the helm I know that the time has come for thee to take it. What there is to do will be instantly done. Vain is this struggle.

Then take away your hands and silently put up with your defeat, my heart, and think it your good fortune to sit perfectly still where you are placed.

These my lamps are blown out at every little puff of wind, and trying to light them I forget all else again and again.

But I shall be wise this time and wait in the dark, spreading my mat on the floor; and whenever it is thy pleasure, my lord, come silently and take thy seat here.

100

I DIVE down into the depth of the ocean of forms, hoping to gain the perfect pearl of the formless.

No more sailing from harbour to harbour with this my weather-beaten boat. The days are long passed when my sport was to be tossed on waves.

And now I am eager to die into the deathless.

Into the audience hall by the fathomless abyss where swells up the music of toneless strings I shall take this harp of my life.

I shall tune it to the notes of forever, and when it has sobbed out its last utterance, lay down my silent harp at the feet of the silent.

101

EVER in my life have I sought thee with my songs. It was they who led me from door to door, and with them have I felt about me, searching and touching my world.

It was my songs that taught me all the lessons I ever learnt; they showed me secret paths, they brought before my sight many a star on the horizon of my heart.

They guided me all the day long to the mysteries of the country of pleasure and pain, and, at last, to what palace gate have the brought me in the evening at the end of my journey?

102

I BOASTED among men that I had known you. They see your pictures in all works of mine. They come and ask me, 'Who is he?' I know not how to answer them. I say, 'Indeed, I cannot tell.' They blame me and they go away in scorn. And you sit there smiling.

I put my tales of you into lasting songs. The secret gushes out from my heart. They come and ask me, 'Tell me all your meanings.' I know not how to answer them. I say, 'Ah, who knows what they mean!' They smile and go away in utter scorn. And you sit there smiling.

103

IN one salutation to thee, my God, let all my senses spread out and touch this world at thy feet.

Like a rain-cloud of July hung low with its burden of unshed showers let all my mind bend down at thy door in one salutation to thee.

Let all my songs gather together their diverse strains into a single current and flow to a sea of silence in one salutation to thee.

Like a flock of homesick cranes flying night and day back to their mountain nests let all my life take its voyage to its eternal home in one salutation to thee.

류시화

시인. 시집『그대가 곁에 있어도 나는 그대가
그립다』『외눈박이 물고기의 사랑』『나의 상
처는 돌 너의 상처는 꽃』을 출간했으며, 잠언
시집『지금 알고 있는 걸 그때도 알았더라면』
『사랑하라 한번도 상처받지 않은 것처럼』을
엮었다. 인도 여행기『하늘 호수로 떠난 여행』
『지구별 여행자』를 펴냈고, 하이쿠 모음집
『한 줄도 너무 길다』『백만 광년의 고독 속에
서 한 줄의 시를 읽다』『바쇼 하이쿠 선집』을
엮었다. 그리고 인디언 연설문집『나는 왜 너
가 아니고 나인가』를 엮었으며, 번역서로『인
생 수업』『술 취한 코끼리 길들이기』『마음을
열어주는 101가지 이야기』『달라이 라마의
행복론』『삶으로 다시 떠오르기』『예언자』등
이 있다. 2017년 산문집『새는 날아가면서 뒤
돌아보지 않는다』, 2018년 '인생 학교에서 시
읽기' 첫 시리즈『시로 납치하다』와 우화집
『인생 우화』, 2019년 산문집『좋은지 나쁜지
누가 아는가』를 펴냈다.

기탄잘리

1판 1쇄 발행 2017년 11월 24일
1판 9쇄 발행 2023년 2월 5일

지은이 라빈드라나트 타고르
옮긴이 류시화
펴낸이 황재성 허혜순
펴낸곳 무소의뿔

책임편집 오하라 양성숙
디자인 행복한물고기

등록 2012년 3월 20일(제2012-000255호)
주소 서울시 금천구 가산디지털2로 101 B동 1602호
전화 02-2101-0662 | 팩스 02-2101-0663
이메일 mussopulbooks@naver.com
페이스북·인스타그램 @mussopulbooks

ISBN 979-11-86686-25-6 03890